ディーノ・
ブッツァーティ

ババウ

長野徹 訳

ババウ

目次

カバー画

ディーノ・ブッツァーティ
《ババウ》
Dino Buzzati “Il Babau”
1967年　アクリル　カンヴァス　80 × 119cm
ミラノ、アンドレイーナ・コズリッチ・コレクション

ババウ

Il Babau

コンプラックス社の役員補佐で、都市計画審議会の委員を務めるロベルト・パウディ氏は、ある晩、だだをこねる幼いフランコをおとなしくさせようとして、ベビーシッターのエステルが、「いい子にしないと、今夜、ババウ[1]がやってくるわよ」と言っているのを耳にして、激怒した。

彼にしてみれば、子どもをしつけるのに、未熟な精神に深刻なトラウマを生じさせかねない馬鹿げた迷信を今もって持ち出すことに我慢がならなかったのだ。娘にたっぷり説教すると、エステルは泣きながら部屋から出ていった。パウディ氏が自分の手で息子を寝かしつけると、子どもはすぐにすやすやと寝入った。

その夜ババウは、その習性にしたがって、空中に浮かんで体をふくらませながら、パウディ氏がひとりで寝ている部屋に現れ、数分ばかり彼に不安を与えた。

知られているように、ババウは、町やその土地柄によって姿形が異なっている。その町では、大昔から、黒っぽい色の巨大な動物の姿をしていて、その形はカバとバクの合いの子のようだった。一見すると、恐ろしげだった。けれども、公平な目でよくよく眺めれば、温和に緩んだ口許と、図体の割に小さくて、優しげな光を宿した瞳のせいで、けっして邪悪な表情ではないことに気づくのだった。

もちろんババウは、由々しき状況においては、不安と、さらには恐怖さえも与えるすべを心得ていた。だが、ふだんは節度をもって務めを果たしていた。お灸をすえるべき子どものベッドに近づくと、目を覚まさせることなく夢の中に入りこみ、ただ、そこに消えることのない徴を残した。実際よく知られていることだが、小さな子どもの夢でさえ無限の容量を備えていて、ババウのような巨大な動物たちも苦もなく受け入れることができるのだ。そして、その動物たちは、夢の中で、思う存分、必要な進化を遂げることができるのである。

当然のことながら、パウディ氏のところに現れたとき、太古の生き物はあまり柔和な顔はしていなかった。それどころか、目下厳しい経営状況にあるコンプラックス社の臨時役員として二か月前に任命されたガッルーリオ教授の顔を――つまり、それを巨大に引き伸ばした顔を――していた。そして、このガッルーリオ教授なる人物は、扱いにくい人間とまでは言えないまでも、大変厳格な男で、パウディ氏にとってはまさに目の上のたん瘤だった。というのも、今のような役員体制においては、パウディ氏が占めている高い地位が脅かされるおそれが大いにあったからだ。

顔一面にびっしょり冷や汗をかいて目を覚ましたパウディ氏は、訪問者が壁を通り抜け――その巨体では窓から出るのは無理だったろう――クーポラのように丸くてばかでかい尻を彼のほうに向けながら逃げてゆくのを目撃した。

　翌朝パウディ氏は、エステルに対して謝罪の言葉を口にしようとはしなかった。ババウが実在することをその目で確かめた彼は、むしろ、腹立たしさとともに、なんとしてもやつを始末してやると心に決めたのである。

　それから何日間か、彼は、冗談めかした口調でそれとなく、妻や友人や仕事仲間に探りを入れてみた。そしてみなが、ババウの存在を、まるで雨や地震や虹のような基本的な自然現象でもあるかのように、当たり前に思っているのを知って驚いた。ただひとり、法律事務所に勤めるジェモニオ氏だけが、驚いた様子でぽかんとした顔をして言った。そう言えば、子どもの頃、誰かからそういうものの話を聞いたことがある。でもそのうちに、馬鹿げたおとぎ話だと思うようになった、と。

　パウディ氏の強い反感を察したかのように、あの日以来ババウは、あいかわらずあの不愉快なガッルーリオ教授の顔をして、足しげく彼のもとに通ってくるようになった。そして、しかめっ面をしてみせたり、足を引っ張ったり、ベッドを揺すったりするのだった。ある晩など、胸の上に乗っかり、パウディ氏はあやうく窒息するところだった。

　だから、次に市議会が開かれた折りに、パウディ氏が数人の同僚を相手にババウの話をしたのは驚くことではなかった。時代の最先端にあることを誇る大都市で、まるで中世さながらに、恥ずべき生き物が存在しつづけるのを認めることができるだろうか？　今こそ、断固とした措置を講ずるべきではないだろうか？

最初は、廊下での立ち話や非公式な意見交換だった。だが、パウディ氏は議会でも一目置かれる存在だったので、まもなく、彼は自ら陣頭に立ってことに当たりはじめた。問題が市議会に持ちこまれるのに、二か月とかからなかった。当然ながら、滑稽さを避けるために、その日の議題には、ババウという言葉は使われてはいなかった。ただ、五項目に、「町の夜の平穏をかき乱す嘆かわしき要因」という形で触れられていた。

パウディ氏の予想に反して、彼が提出した議題はみなから真剣に取り上げられただけではなく、異論の余地がないと思われた彼の主張には、激しい批判の声も上がった。遠い昔に忘れさられてしまった、情趣あふれる無害な伝承を守るべきだという声があった。あの夜の怪物は鳴くわけでもなし、およそおとなしい存在だと主張する声もあった。ババウの存在がもたらす教育的な利益を指摘する声もあった。万一、弾圧するような措置が取られれば、市の文化財への侵害になるとさえ言う者もおり、それを主張した者は拍手喝采を浴びた。

一方、利益の問題について言えば、強硬な意見が勢いを増してゆき、いわゆる進歩のためには最後に残された神秘の砦を破壊することもやむなし、とする主張が相次いだ。ババウが幼い心に不健全な影響を残すことや、正統な教育学の原則に反する悪夢を呼び起こす場合があることが非難された。衛生上の問題も議論の俎上に載せられた。たしかに、夜の巨獣は町を汚すこともなければ、いかなる種類の排せつ物をまき散らすこともなかった。だが、細菌やウイルスをまったく持っていないと誰が保証できるだろう？　ババウの政治的信条についても皆目明らかではなかった。原始的なというか、きわめて無邪気な印象を与える外見の裏で、密かに反体制的な企みを抱いていないと言い切れるだろうか？

デリケートな議題ゆえ、マスコミの傍聴を排して行われた議論は、夜中の二時に終了した。パウディ氏の提案は、五票の僅差で可決された。そして、決議を実行に移すために専門の委員会が設けられ、パウディ氏が委員長に任命された。

だが、ババウの追放を宣言しても、はたして現実に排除できるかどうかは別問題だった。ババウに対して、よき市民としての規律ある行動を期待できないのは明らかだった。言葉が理解できるかどうかも疑わしければ、なおさらだった。捕獲して、市の動物園にゆだねることも考えられなかった。壁を通り抜けられるような動物を――仮に動物だとして――どんな檻に収容できるだろう。毒殺する案も却下された。ババウが飲み食いしているところを目撃されたことは一度もなかったからだ。火炎放射器はどうだろう？　小型のナパーム弾では？　市民に対する危険が大きすぎた。

要するに、問題の解決は不可能ではないにせよ、その実現性については、かなり疑わしい様相を呈していた。そして、ある疑問が頭をもたげたとき、パウディ氏は、摑みかかっていた勝利がその手をすり抜けてゆこうとしているのを感じていた。というのは、ババウの化学的組成や体の構造が不明だったからだ。だが、伝説の戸籍簿に登録されているすべての生き物についてそうであるように、ババウももしかして、想像するよりもずっと弱く、傷つきやすいということはないだろうか？急所に一発の銃弾を撃ちこむだけで、片が付くかもしれないではないか。

市議会で可決され、市長も署名したので、警察は協力するしかなかった。機動隊の内部に、無線で連絡を取り合える高速のバンを配備した特別巡視隊が編成された。ことは単純だった。ただひとつ、奇妙な状況があった。狩りに参加する警官や警部補たちの気の進まなそうな様子だ。怖いのだろうか？　禁じられた扉を開けることへの漠然とした不安だろうか？　それとも単に、子どもの頃のほろ苦い思い出への郷愁の念に駆られたからであろうか？

ババウとの遭遇は、凍てつくような満月の夜に起きた。チンクエチェント広場の暗い一隅に配置された巡視隊は、およそ三十メートル上空をゆっくりと飛行する、新造の飛行船に似たものを目にとめた。警官たちは、軽機関銃をかまえながら前進した。あたりには人っ子ひとりいなかった。短い一斉射撃のパンパンという音が響き、それははるか遠くまでこだました。

奇妙な光景だった。ババウは、ビクッとすることもなく、ゆっくりと体を回転させ、脚を宙に向けたまま落下してゆき、雪の上に身を横たえた。そして、仰向けにひっくり返ったまま、永久に動かなくなった。月の光が、グッタペルカ樹脂のようにつややかで、張り詰めた巨大な腹に反射していた。

「こんな光景は二度と見たくない」やがて、巡査部長のオノフリオ・コッタファーヴィがつぶやいた。信じられないことに、犠牲者の体の下から、血の染みが、月明かりの下で黒々と広がっていった。

残骸を片付けるために、すぐに食肉処理業者が電話で呼ばれたが、間に合わなかった。わずか数分のうちに、巨大な生き物は、穴のあいた風船のようにみるみる縮んでいき、哀れな芋虫のような姿に変り、さらに、白い雪の上の黒い小さな蛆虫のようになり、やがてその蛆虫も完全に消えてしまった。醜い血の跡だけが残ったが、夜が明ける前に、市の清掃員が水で流して消してしまった。

ババウが死にゆくとき、空には月がひとつではなく、二つ輝き、町中の夜鳥や犬がいつまでも悲しげに鳴いていたと語られた。多くの女たちが、老女も幼い女の子も、暗い呼び声に目を覚まし、家から出て、哀れな生き物のまわりで跪いて祈ったという噂が広まった。だが、それらはすべて、歴史的事実として確認されたわけではない。

じっさい、月は動揺するふうもなく、天文学が教えるとおりの旅を続け、時は規則正しく、一刻一刻と過ぎていった。世界中の子どもたちは、友だちであり、敵でもあった、おかしな生き物が、永久にこの世からいなくなってしまったとは夢にも思わず、すやすや眠っていた。

人間が考えていたよりもずっと繊細でか弱い生き物だったのだ。一般にはおとぎ話や幻想と呼ばれる、とらえがたい物でできていたのだ。たとえ実在していたとしても。

駆けろ、逃げろ、駆けるのだ、生き残りし幻想よ。おまえを絶滅させたがっている文明社会はおまえを追い立てて、もう二度と安らぎを与えないだろうから。

(1) ババウ——民間伝承に登場するお化け、化け物。この場面のように、子どもがだだをこねるときなどに、子どもを怖がらせ、おとなしくさせるために大人が持ち出す。

孤独
Solitudini

絶壁

山岳ガイドで最良の友人である老シュトラートジンガー、私の弟のアドリアーノ、そして私の三人が、夢幻アルプスにあるオタ・ムラグルの南東の壁を登るために出発したとき、夜はまだ明けていなかった。

その山塊の特徴なのだが、それは、氷、岩、砂、土、植物そして人工物が混ざり合ってできている巨大な壁だった。

山小屋を出発したときは小糠雨が降っていた。ぶ厚い雲の連なりが山を完全に覆っていた。正直に言うと、私は喜んだ。せっかくのチャンスを逸してあとでくやし涙を流すことはあるかもしれないが、どんなに果敢な登山家でさえ、天候のせいで危険を冒さずにすめば、初めのうちは喜ぶものだから。

けれども、シュトラートジンガーは言った。「おれたちはついているぞ。今日はすばらしい一日になるだろう」すると、たちまち雲の塊は解けていった。あとには細かな雪の銀色のベールだけが残った。そのむこうには、紫色の空がひらけていて、オタ・ムラグルの強大な絶壁がすでに日の光を浴びていた。

私たちは体をザイルで互いに結びつけ、生きている氷河からなる険しい大峡谷を攀じ登った。だが、氷河はバターでできているみたいに、難なくアイゼンが食いこんだ。

大峡谷を挟んでそそり立つ二つの岩壁では、窓や扉が開いたり閉まったりして、主婦たちが、掃除や床磨きや片づけなどの家事に精を出していた。もちろん彼女たちには、近くにいる私たちの姿がよく見えていた。だが、まったく関心がない様子だった。

さらに壁には一面、小さなオフィスが連なり、そこでは何か書いたり、読んだり、働いたりしている人々であふれていた。だが、多くの人たちは、岩棚や洞窟に設置されたカフェにたむろしておしゃべりしていた。

やがて私たちは、草や根で支えられた岩からなる、恐ろしく危険な壁にさしかかった。まったくお手上げだった。シュトラートジンガーは引き返すことを提案した。だが、私たち兄弟が前に進むことを主張したので、彼は、それならザイルを外そう、と言った。そうしないと、もしひとりが滑落すれば、ほかの二人も、なすすべもなく道連れになってしまうからと。

まもなくシュトラートジンガーと弟の姿は、斜面のむこうに消えていった。私は、わずかに植物の繊維で支えられ、危なっかしく揺れている岩にしがみついていた。三メートルほど離れたところにある壁の洞窟の中では、大勢の人々が食前酒を飲んでいた。

力尽きた岩が私を奈落の底に引きずり込む前に、決死の跳躍で、岩から腕木のように突き出ている、おそらく日除けシェードを張るための金属の枠をつかむことに成功した。

「歳の割に敏捷ですね！」洞窟の入り口に顔をのぞかせたひとりの若者が、ほほえみながら声をかけてきた。

私は両手で鉄製の骨組みにしがみつき、体は宙で揺れていた。最後の力をふりしぼって攀じ登ろうとした。足元では、さっきの岩がまだ大きな音を立てながら深い谷底を転がっていた。まずいことに、体の重みで骨組みは曲がり、たわみかけていた。折れるのは時間の問題だった。むこうで食前酒を楽しんでいる連中には、手を差し伸べて私を助けるのはたやすいことだろう。だが、もう私のことなど気にかけていなかった。

山の聖なる静寂の中を墜落していきながら、私の耳には、彼らがベトナムや、サッカーの世界選手権や、歌謡音楽祭を話題にしているのがはっきりと聞こえた。

告解

ラウラパオラ夫人は、気分がすぐれなくてベッドで寝ていた。大したことはありません、三、四日もすればよくなりますよ、と医者は言っていた。

彼女はしばらく前から、このうっとうしい体の不調に悩まされていた。だが家族は、気のせいだろう、医者も心配するには及ばないと言っているのに、とからかった。

午後、夫人がうとうとしていると、クアルツォ師がやってきたことを女中が告げた。ラウラパオラ夫人が日頃懺悔を聞いてもらっている、近くのフランチェスコ派の修道院の修道士だった。いったい何の用かしら？

「ごきげんいかがかな？」クアルツォ師は部屋に入りながら声をかけた。「この近くを通りかかりましてな。いま可哀想なサリドマイド児たちのところを回っているところでして、ついでに、あなたの家にも寄らせてもらおうかと思ったのです。お具合が悪いと耳にしたものので。でも、本当に寝てないといけないんですか？　早く、いつものように元気溌剌になられることを祈っていますよ。あなたのようなモダンで活動的なご婦人が病気で寝ているなんて！　ところで……いつも扉を開けてくれる、あの感じのよい婆やさんはどうされたんです？」

「その話には触れないでください、神父さま」ラウラパオラは言った。「歳のせいで、ボケてきたし、働けなくなって、首にするしかなかったんです」

「いつからこの家にいたんですか？」

「さあ。私が生まれたときにはもういましたわ。だから、その何年も前からいたんだと思います」

「その人を首にした？」

「ほかにどうしろとおっしゃるのです？　仕方がなかったのです、神父さま。うちは老人ホームではないのですから……」

「ええ、わかります」クアルツォ師は言った。「ところで、この夏はどのように過ごされたのですかな？」

するとラウラパオラ夫人は夏の思い出話を話しはじめた。スペイン旅行、闘牛、アレッツォの義理の妹の結婚式、それから、キプロスやアナトリアへの船でのクルーズのことを。

「きっと、楽しいお仲間とご一緒だったんでしょうな……」

「ええ、そうなんです、神父さま。八人でしたの。本当にすてきな毎日でした。気分も盛り上がって、太陽が燦燦と輝いていて。あんなに楽しんだことはありませんでしたわ」

「ご主人も、ようやく、少し骨休めができたというわけですね?」

「いえ、その、主人は海には行かなかったんです。忙しくて。フランスだかスウェーデンだかで、会議があるとかで」

「じゃあ、お子さんたちとご一緒だったんですね?」

「まさか! 子どもたちはスイスの寄宿学校です。あそこはまさに天国なんですのよ。まあ、あの子たちは、あそこで一年中バカンスを楽しんでいるようなもんですわ」

夫人は、さらに延々としゃべり続けた。エルコレ港に新しい別荘を手に入れたことや、ヨガの教室に通っていることや(「ヨガをやるようになって、精神的にも生まれ変わったような気分になれたんですのよ、神父さま」)、ザースフェーに遊びに行く予定であることや、最近あった絵の競売のことなどを。しゃべり続けるうちに、顔がすっかり紅潮していた。

クアルツォ師は聴いていた。椅子に座り、彫像のようにぴんと背筋を伸ばして。もうほほえんではいなかった。

「もう結構です」やがて修道士は言った。「もう十分に聴きました。これ以上は、体に障るといけませんから」そう言うと、おもむろに立ち上がった。「では、罪の赦しを与えましょう」

「赦しを、ですか?」

「赦してほしくないのですか?」

「いえ、そういうわけでは……もちろん感謝いたします……ただ、わからないのですが、どうして……」

「われ、父と子と聖霊の御名において……」クアルツォ師は赦しの言葉を唱えはじめた。その表情は厳しかった。彼女も手を合わせた。

こうして、ラウラパオラは、自分は死ぬのだと悟った。

高速道路

私は、七月の午後の二時頃、太陽道路[1]のパルマ―フィデンツァ間を、ひとりで車を走らせていた。道路の上には陽炎が立ち上り、眠気にさそわれる、暑くて物憂い時間帯だった。行き交う車はほとんどなかった。

反対車線を進んでくる白い大きな車にふと目を向けた。車には誰も乗っていないように見えた。見間違えか、あるいは、その瞬間ドライバーは身をかがめていて姿が見えなかったのだろうと思った。

だが、背筋に戦慄が走った。一台のメタリックグレイのスパイダーが――エンブレムをはっきりと見た――かすめるように私の車を追い越していったが、車には誰も乗っていなかったのだ。

さらにその直後、二台、三台、五台と追い越していった車も、やはり空っぽだった。幽霊車はふつうに走行し、追い越す瞬間には規則通りにウインカーを点灯していた。

全身が凍りつくような気がした。急に病気になったのだろうか？　それとも、幻覚を見たのか？　心臓が激しく鼓動していた。車のスピードを落として、外側車線の端に停めた。車から降りるや、腰を抜かしそうになった。その瞬間、ルーフキャリアにベビーカーなどの荷物を載せた車が通り過ぎたのだ。おそらく避暑に出かける家族連れだろう。だが、車の中に、一家の姿はなかった。

一体何が起きたのか？　その辺り一帯に神隠しの魔法がかけられたのか？　そのせいで、人々は存在していても、姿が見えなくなってしまったのか？　そのとき、少し離れた木立から、途切れることなく鳴きつづけるセミの声が聞こえてきた。

周囲を見まわした。一軒の家も見当たらなかった。田園地帯は陽射しの中でまどろんでいた。金網のフェンスの外側の少し下ったところに、高速道路に並行して、水の枯れた小川がのびていた。川のむこう岸には、藪に囲まれた小さな草地があった。混乱した頭で、この不可解な状況に考えをめぐらせていると、小川のむこうで何かが動いた。目を凝らした。藪の中から、一匹の黒い犬が現れた。体の大きさは中くらいで、ふらふらした足取りで、小川のほうに向かって足を引きずるように歩いていた。

私ははっとした。あれはモーロじゃないか！　二日前に田舎の家に残してきた、年老いて病気がちの、私の犬だ！

馬鹿げたことだか、私は呼んでみた。モーロ！　モーロ！　私の犬であるはずがないのは明らかだった。直線距離で二百キロ以上も離れたところにいるのだから。

それでも、犬は一瞬私のほうを見て、尻尾を動かしたように見えた。

モーロ！　モーロ！　もう一度呼んだ。だが、犬はもう反応しなかった。ふらつきながら、うずくまろうとするときに犬がするように、くるりと輪を描くように体を回した。そして、最後に残っていた力が失われたかのように、崩れるようにうずくまった。

すまないことをした、と私は思った。この犬は、動物たちの常で、誰もいないところで死ぬためにここに来たのに、その最後の慰めを私が台無しにしてしまったのだ。

犬は自然な形で身を丸めた。それから、脚がこわばり、引きつけを起こしたように体が二、三度ぴくぴく震えたかと思うと、脇腹を下にして横たわった。なおも、かすかな鳴き声を上げながら、頭を持ち上げようとしたが、崩れ落ち、それきり動かなくなった。

そのとき私の後ろで、ドッドッドッドッドッというバイクの音が聞こえた。二人連れの交通警察の警官だった。

「こんなところに停車するのはよくないですね」警官のひとりが言った。「パーキングエリアに停めてください。それとも、どうかなさったのですか？」

「いえ、何でもありません。すみません」我に返った私は、もごもご答えた。

一台のクーペが、エンジンをうならせながら、通り過ぎていった。上着を脱いだ、太って血色のよい男がハンドルを握っていた。セイチェント[2]が通り過ぎた。年配の婦人が運転していた。何もかも正常にもどったのだろうか？

そのとき私は、小川のむこうの草地に目を遣った。静かでがらんとしていた。犬は、影も形もなかった。

（あとで知ったことだが、モーロはちょうどその時刻に旅立っていったのだった。二百キロメートル以上も離れたピアーヴェ川のほとりで、誰にも看取られることなく）

アッティラ大王の墓

二十年、三十年、四十年と、長きにわたって研究に研究を重ねたジョヴァンニ・タッソールは、ついに、北森の真ん中で、伝説のアッティラ大王の墓を発見した。彼の人生における、大いなる勝利の瞬間だった。

大王の墓の話を初めて聞いたのは、まだ子どもの頃、中学五年生のときだった。ジョルジョ・ニカラ先生（故人）が話してくれたのだ。そしてその夜、彼は父親（故人）の前で、探検考古学者になる決意を宣言したのだった。

同級生で一番の親友のエンリーコ・エルモージェネ（故人）も同じ情熱を抱いた。そして、二人して著名な地理学者のアッツォリーナ（故人）を訪ねて、ひょっとして北森の古地図を持っていないか、たずねてみた。アッツォリーナは、古地図の一枚を見せてくれた。だが、その地図には墓の場所は記されていなかった。

それからタッソールは何年も研究に打ちこみ、ついにスッラヴィータ教授（故人）が彼を助手にしてくれた。そして、もうひとりの若い研究者ニコラ・デ・メルツィ（故人）とともに、太古の昔、深き北森を縦断していたオロブローナ街道が通っていたとされるルートをたどる、最初の探検調査の任務をまかされた。

よき青春時代だった。毎週土曜日には、文化と芸術活動の中心だった、ミミ・ドミンゲス夫人（故人）のサロンに友人たちが集まった。そして、まさにそこで、タッソールは、後に彼の妻となるアンネッタ・フォッサドーロ（彼女ももうこの世にはいない）と知り合った。

調査旅行は、正教授のポストへの道を開いてくれるはずだった。だが、同僚で親友だったセルジョ・バソットリ（彼ももうこの世にはいない）が、裏で彼が不利になるように画策し、ある意味、タッソールは一からやり直さなければならなくなった。困難な時期だった。長男ルーカ（故人）の不敬罪をめぐる裁判にも悩まされた。

偉大な学長トゥッリオ・ブロサーダ教授（故人）の変わらぬ寛大な援助にも支えられ、タッソールの学界での浮沈は、王国の没落とともに終わりを迎えた。その後、正教授になった彼は、二人の有能な若い研究者マックス・セランティーニとジャンフランコ・シビーリ（共に故人）を助手にして、アッティラ大王の墓の調査のための、初めてとなる本格的な探検隊を組織した。

同じ頃、ペルー人のサルヴァドール・ラサ、アルフレッド・ソフレゴン侯爵、無国籍者のジュスト・デ・フォンセカ（いずれも故人）による別の探検調査も企てられた。それは、たくさんの涙と血で織りなされた長い英雄譚だ。だが、いまジョヴァンニ・タッソールは、伝説の墳墓の遺跡に国旗を打ち立てたのだった。そしてテレビクルーが、必要な機材を載せた三台のヘリコプターですでにこちらに向かっていた。

深い森の真ん中の、遺跡のそばに設営されたキャンプでは、夜を照らす火がともされた。岩に腰を下ろし、タッソールはまわりを見まわした。どこを向いても、樅また樅。びっしりとそびえ立つ黒い樅の木だけだった。彼は、勝利を手にするために力を貸してくれた人たちに思いを馳せた。彼のよき理解者だった森林管理官のエンニオ・デ・ティベルティス（故人）、研究室の働き者の秘書グラツィア・マラスカ（故人）、非常に献身的だった運転手アルマンド（故人）、森の上空を何度も飛行し、墓を発見させてくれたパイロットのアルドゥイーノ・マリノスキ（彼も故人）。

大統領は無線を通じて温かい祝辞を送ってくれた。若い助手、技師、作業員たちが、その場でありあわせの物を使って祝いの準備をしていた。誰もが浮き浮きしていた。

タッソールは岩に腰を下ろし、周囲を見まわした。どこを向いても、木また木。木々だけだった。彼は独りぼっちだった。

テープレコーダー

彼は彼女に（小さな小さな声で）言った。彼女に懇願した。頼むから静かにしてくれないか、ラジオ放送を録音しているところなんだ、どうか音を立てないで、ぼくが大の音楽ファンだってことは知っているだろう、パーセルの『アーサー王』を録音しているんだ。あのすばらしい、純粋な曲を。けれども、意地悪で、身勝手で、根性のねじ曲がった彼女は、ただ彼を怒らせたいがために、コツコツとヒールの音を響かせながら歩きまわる。それから、エヘンと咳払いをし、（わざと）ゴホゴホと咳こみ、クックッと独り笑いし、できるだけ大きな音がするようにマッチを擦る。それかららまた、騒々しい足音で憎々しく歩きまわる。その間、純粋で聖なる音楽が、パーセルが、モーツァルトが、バッハが、パレストリーナがむなしく流れていった。もうこれ以上、ノミやシラミのように彼の人生を悩ます彼女に我慢するのは不可能だった。

そして、あれから何年も経ったいま、彼は、耳障りな音でいっぱいの昔のテープを再生する。巨匠たちが、至高の音楽が帰ってくる。パーセル、モーツァルト、バッハ、パレストリーナがよみがえる。

彼女はもういない。去っていったのだ。彼を捨てたのだ。捨てることを選んだのだ。その後の消息は杳として知れなかった。

そしていま、耳障りで、聞くに堪えない、うんざりさせるようなパーセルが、モーツァルトが、バッハが、パレストリーナが鳴っている。鳴り響いている。

あのコツコツとヒールで歩きまわる音、あの笑い声（特に二番目の）、あの咳払い、しわぶきの音。これこそが聖なる音楽だ。

彼は耳を傾ける。電灯の明かりの下に座って、耳を傾ける。底の抜けた古いひじかけ椅子に座って、じっと耳を傾ける。座ったまま、身じろぎひとつせずに耳を傾ける。あの音に、あの声に、あの咳に、あの愛すべき最高の音に。それはもう存在しない。もう永久に存在しないのだ。

失われた日々

豪華な屋敷を手に入れた数日後、エルンスト・カヅィッラは、帰宅の途中、ひとりの男が背中に箱を背負いながら、屋敷を取り囲む塀に設けられた裏口の小さな扉から出てくるのを遠くから見かけた。男はその箱をトラックに載せようとしているところだった。

カヅィッラが追いつく前に、トラックは出発してしまった。そこで車で追跡した。トラックは町外れまで走りつづけ、大きな谷の縁で止まった。

カヅィッラは車から降りて、見に行った。見知らぬ男はトラックから箱をおろすと、数歩ばかり歩いて、それを谷底へ投げ捨てた。谷は、数えきれないほどの、似たような箱でいっぱいだった。

カヅィッラは男に近づいて、たずねた。「おまえが家の敷地からあの箱を運び出すのを見たぞ。箱の中には一体何が入っているんだ？　それに、このたくさんの箱は何なんだ？」

男は彼を見て、笑った。「トラックにはまだあるよ。投げ捨てる箱がね。わからないかね？　日々だよ」

「何の日々だ？」

「あんたの日々さ」

「私の日々？」

「あんたの失われた日々だよ。あんたが失くしてしまった。あんたはその日々を待ちつづけていたんだろ？　そして、やってきた。で、それらをあんたはどうした？　見てみろ、手つかずのままだ。まだふくらんでいる。だが、いまは……」

カヅィッラは覗きこんだ。箱は大きな山を作っていた。彼は急斜面を下って、箱のひとつを開けてみた。

中には、秋の道があった。道のむこうには、永遠に去っていった婚約者のグラツィエッラがいた。彼は彼女を呼び止めようともしなかった。

二つ目の箱を開けた。病室があった。ベッドの上には病気の弟のジョズエが寝ていた。彼は兄を待っていた。だが、カヅィッラは仕事で飛びまわっていた。

三つ目を開けた。古びたぼろ家の門の前に、彼に忠実だったマスチフ犬のドゥークがいた。犬は骨と皮ばかりの姿になって、もう二年も主人を待ちつづけていた。だが、彼は家に帰ろうなどとは一度も思わなかった。

カヅィッラは、鳩尾《みぞおち》のあたりをぎゅっと締めつけられるような感じがした。箱を捨てた男は、谷の縁で、死刑執行人のように、直立不動の姿勢を取っていた。

「すみません！」カヅィッラが大きな声を上げた。「お願いです。この三日分は、せめてこの三日だけは、どうか持ち帰らせてください。私は金持ちです。金ならいくらでも差し上げますから」

男は、まるで到達不可能な地点を指し示すかのように、『手遅れだ、もう手の施しようがない』とでも言うかのように、右手を動かした。そして、ぱっと宙にかき消えた。それと同時に、謎めいた箱でできた大きな山も、一瞬にして消え失せた。夜の闇が降りようとしていた。

（1）太陽道路——ミラノからナポリまでイタリア半島を縦断する高速道路。
（2）セイチェント——フィアット社が一九五五年から六九年まで製造した六百CCの大衆車。

同じこと

Equivalenza

やがて、その高名な臨床医は、病室で、患者の妻に小さな合図を送ると、優しげな笑みを浮かべながら扉に向かった。夫人はぴんときた。

二人が廊下に出ると、医者は、どうにもならない状況にふさわしい、だが人間味と思いやりにあふれた表情を浮かべた。そして、まず咳払いをした。

「奥さん」と彼は切り出した。「ああ、これは私の務めとして、どうしてもお伝えしなければならないのですが……ご主人は……」

「深刻なのですか？」

「残念ながら、奥さん……」彼は言った。「今の状況においては……ご納得していただかなくてはならないのですが……」

「いやです、聞きたくありません！……つまり、先生がおっしゃりたいのは……」

「ええ、ご察しのとおりです……ですが、目の前に差し迫っているというわけではありません……今日明日というわけでは……ですが、そうですねえ……おそらく三か月以内に……そう、三か月といったところでしょうか……」

「もう助からないのですか？」

「神の御業には限界はありません、奥さん。ですが、われわれの乏しい科学的知見から言えるのは……やはり、長くて三か月……三か月かと……」

彼女は胸が張り裂けそうになった。その場にくずおれてしまいそうだった。両手で顔を覆った。嗚咽に身を震わせた。「ああ、かわいそうな私のジュリオ！」


このとき、病人の枕もとにいた権威ある医師は、小さく目配せをして、患者の妻に病室を出るように促した。彼女は理解した。

外に出ると、医者はおもむろに部屋の扉を閉めた。それから女性のほうに向きなおると、とっておきの猫なで声で言った。

「奥さん」彼は言った。「医者にとって、これは大変つらい務めです。しかしながら、私は正直に申し上げなければなりません……あなたのご主人は……」

「ひどく悪いんですの？」

「奥さん」医者は、さらに声のトーンを落としながら言った。「私も、じつに残念でなりません……ですが、何より肝心なのは奥さんが……」

「ということは、どうやら……」

「もちろん、先のことを予想するのは時期尚早でしょう……たぶん、まだしばらくは猶予が残されています……そう、一年……少なくとも一年は……」

「それでは、もう治らないのですか？」

「奥さん、不可能と思えるようなことだって起こりえます。奇跡だって。ですが、科学に基づいて判断するなら……まあ一年といったところでしょう……」

あわれにも女は身を震わせ、うなだれ、両手で顔を覆い、絶望感からわっと泣き出す。「ああ、かわいそうな夫《ひと》！」

だが、ある時点で、その分野の権威として知られる医者と、患者の妻の目が合った。妻は、相手が外に出るよう促しているのを悟った。

こうして二人は病人をのこして部屋を出た。扉を閉めると、教授は重々しい、だが同時に思いやりにも満ちた口調で言った。

「医者にとって、ある種の望まない義務を遂行するのは、本当につらいことです……。奥さん、お伝えしなければならないことがあります。あなたのご主人は……」

「危険な状態だと？」

学識深い臨床医は答えた。

「奥さん、こうした場合に嘘をつくのはよくないことでしょう……事実を隠すことはできません……」

「先生、どうか正直に話してください。包み隠さずおっしゃってください……」

「奥さん、まずおわかりいただきたいのは……先走って心配すべきではないということです……今すぐというわけではありません……正確な予測も不可能です……ですが、少なくとも……まだ三年の猶予は……」

「ということは、もう治る見こみはないのですか？」

「無益な期待を抱かせるのは無責任なことでしょう……残念ながら、状況ははっきりしています……三年以内には……」

あわれな女は感情を抑えることができなかった。苦しげなうめき声をもらし、それから大声を上げて泣き出した。「ああ、そんな……かわいそうな夫《ひと》！」

けれども、病室に沈黙が訪れた。そのとき、まるでテレパシーで感じ取ったかのように、病人の妻は、高名な医者がいっしょに部屋を出ることを望んでいるのに気づいた。

二人は外に出た。病人には聞こえないことを確信すると、病理学者は、夫人のほうに身をかがめ、耳元にささやいた。

「ああ、奥さん、私にとってはまことにつらい瞬間です……でも、知らせないわけにはいきません……ご主人は……」

「もう希望がないと？」

「奥さん」医者は言った。「遠回しな言い方をするのは、愚かで不誠実なことでしょう……」

「そんな……私は無駄な希望を抱いていたというのですか？……そんな！」

「いや、そうではありません、奥さん。今から無益に思い悩んでほしくないからこそ、包み隠さずお伝えするのです……たしかに、運命の時は迫ってきます……ですが、すぐにでは……少なくともあと二十年は……」

「逃れようのない運命なのですか？」

「ある意味ではそうです……奥さん、偽りを申し上げることはできません、つらい真実を隠すことは……長くて二十年……それ以上は保証できません……」

彼女には耐えられなかった。今にも倒れそうになって壁に寄りかかり、嗚咽をもらした。それから、わっと泣き崩れた。「いや、いやよ。信じたくない。かわいそうな私のジュリオ！」


そのとき医者は、ベッドのむこう側に、彼の正面にいる患者の妻に、意味ありげな視線を向けると、タイミングを見計らったように咳払いをひとつした。明らかに、いっしょに出ましょうという誘いの合図だった。

ロビーに出るや、察しのよい夫人は高名な先生の腕をつかんでたずねた。「それで、どうなんですの？」

すると彼は、最後の審判を下すような声で答えた。「率直にお伝えすることが私の義務です……奥さん、ご主人は……」

「あきらめるしかないのですか？」

医者は答えた。

「いくばくかの可能性でもあればよいのですが……現実は……」

「ああ、恐ろしい……なんてことでしょう！」

「私も残念でなりません、奥さん……ご心痛のほどお察しします……とはいえ、症状が急速に悪化するわけではありません。おそらく、病気が末期の状態まで進行するには、五十年近くかかるでしょう」

「なんですって？　もうどうしようもないのですか？」

「ええ……お伝えしなければならないことに、まことに胸を締めつけられる思いです。幅はありますが、長くて五十年……」

一瞬の間をおいてから、彼女は、焼けた石炭をはらわたに押しつけられたような悲痛な叫び声を上げた。「ああ！　ああ！……いや、そんなのいや！……あの人が！……大切なあの人が！」

とつぜん、彼女は身を震わせた。その道の権威である医者をまじまじと見つめ、彼の手首をつかんだ。

「あのう、でも、それでは……先生は恐ろしい真実を伝えられました。でも、五十年後には……半世紀後には……五十年後には……私も……先生も……結局、みな死んでいるのでは？」

「そのとおりです、奥さん。五十年後には、私たち全員が土の中でしょう。少なくともその可能性が高い。でも、違いがあります。その違いによってあなたも私も救われている一方、ご主人にはもう救いがない……私たちのほうは、少なくともわかっているかぎりにおいては、まだ何も定まっていません……だから、まだ気楽に生きていくことができるでしょう、十歳や十二歳だったときと同じように。ひょっとすると、一時間後か、十日後か、あるいは一か月後にも死ぬかもしれません。でも、それは重要ではありません。関係のないことです。ところが、ご主人の場合は違います。ご主人はすでに宣告を受けてしまった。それに、死はそれ自体ではそれほど恐ろしいものではないでしょう。だれもが死を迎えるのですから。でも、もしも、死が訪れる正確な時を知ってしまったら、それは恐ろしいことです。たとえその時が、百年後、二百年後だとしても」

岩

Lo scoglio

シチリア人の友人が、そのむかしリーパリ島で、ひとりの老人が岩に姿を変えたという話を聞かせてくれた。

海辺の岩のなかには奇妙な形をしたものもあるから、その話はとりたてて驚くようなものではなかった。

その友人が、また聞きのまた聞き、あるいは、さらにそのまた聞きによって聞いた話として話してくれた話を、手短に語ると、次のようなものだった。

前世紀、メッシーナに小さな漁船団を所有するひとりの男がいた。まだ年若い彼のひとり息子は、海への愛にとらわれ、父親の漁船団に加わってよく海に乗り出していた。父親は、そんな息子のことを、誇らしく思うと同時に心配もしていた。そしてある夜、若者はリーパリ島の近くの、西海岸から数十メートルのところで、荒れ狂う大波に呑まれて二度ともどってはこなかった。

その日以来、悲しみのあまり気が狂ったようになった父親は、リーパリ島に移住し、海が荒れていないかぎり、毎日ボートで息子が命を落とした場所に向かい、そこに何時間も留まっていた。そして大声で若者の名前を呼び、いつまでも話しかけているのだった。

こうして何年かが過ぎた。妻も亡くし、男はすでに年老いていた。いまでは、奇矯な振る舞いができるのも、海が静かに凪いでいる日だけになっていた。そしてある晩、いくら待っても彼はもどってこなかった。その場所に向かった人々が見つけたのは、穏やかな水の息づかいに揺れている、空っぽのボートだけだった。

だが、その辺りの海岸を自分の家の庭よりも知りつくしている漁師たちは、まさにその場所に、それまで存在していなかった岩が海面から突き出ているのに気づいて、大いに驚いた。

彼らは、癒しがたい悲しみが老人を岩に変えてしまったのだ、と考えた。それ以来——友人が語ったところによると——恐れ知らずの若者たちでさえ、夜はその付近には近づこうとはせず、わざわざ遠回りするのだそうだ。だが、遠くからでも、特に月が満ちる頃には、絶望した父親の、息子を呼ぶ声や、むせび泣きや、叫び声や、うめき声が聞こえるのだという。

友人はこうも語っていた。その岩は、南側から見ると、痩せた老人の顔に見え、まさに真夜中になると、口を動かして声を上げ、目を開いて涙を流すと言われていると。だが、その様子をぶしつけにじろじろ眺め、孤独な苦悩をけがす者にはわざわいが降りかかると言われ、警告を無視したある漁師は、わずか数か月の間に、四人の息子をすべて亡くしたという。

ある意味でとても美しい話だった。今年、骨休めでエオリア諸島をふたたび訪れた私は、この言い伝えについて、さらに詳細な情報を得ようとした。

けれども、伝説というものは、遠くまで伝わるうちに尾ひれがついてふくらんでいくもので、その起源とされる地に足を運んでも、霧の切れ端のようなものしか得られないのが常である。

リーパリ島では、海から突き出た大小さまざまな岩の中に「老夫岩」と呼ばれる岩があるのを知っている漁師が数人いた。だが、彼らの口からそれ以上のことは聞き出すことはできなかった。息子が死んだせいで正気を失ってしまった船主の痛ましい話など、誰も知らなかった。あるカフェで声をかけた、威厳たっぷりな風貌の年配の男性をのぞいては。

年は六十くらいだろう。がっしりとした体格で、髭をきれいに剃り、袖の短い真っ白なシャツを着ていて、アルベルト・ソルディが出演した映画『マフィアの男』の中でマフィアのボスを演じた俳優を思い出させた。

「失礼ですが」と私は彼に声をかけた。「この島の方ですか？」

「ええ、そうです」彼はおもむろに答えた。「と言っても、冬の間は他の場所で暮らしているのですけどね。失礼ですが、あなたは……？」

「じつは、この島にまつわる、ある民間伝承についておたずねしたいと思いまして」

「どんな伝承でしょう？」

「ずっと昔に岩に姿を変えたメッシーナの男の話を聞いたことはありませんか？」

「ええ、ありますとも。聞いたことがあります。子どもの頃にね」彼はそう答えた。「いろいろと奇妙な話を聞いたものですよ……」そして愛想笑いとも苦笑いともつかない笑みを浮かべた。「でも、ずいぶん昔のことです……ずいぶん昔の……」

「ひょっとして、その男の名前をご存じありませんか？　それはいつ頃のことでしょう？」

「本当にあったことだとしたら、一八七〇年頃の話でしょう。いや、もっと前かも。そもそも事実ではないのかも……」

「というと？　まったくの作り話だとおっしゃるのですか？」

「いや、そうではありませんが、私もはっきりしたことは……」彼は腕時計に目を遣った。「おや、もうこんな時間だ。失礼……」男は、カフェの常連客たちから丁重なあいさつの言葉をかけられながら去っていった。

翌日私は、小さな港の波止場にいた二人の少年に、島を一周したいのだが、船外機付きボートを持っている者を知らないかとたずねた。海は、波ひとつなく穏やかだった。島の周辺を回るだけなら、大きな船は必要なかった。

少年たちは駆け出してゆき、五分も経たぬうちに、私がこれまで会ったなかでもっとも風変わりな船頭を連れてもどってきた。

その男は、背が高く、がりがりに痩せていて、顔がひどく青白かった。頬のこけた顔に皺がひとつでもあれば、少なくとも九十歳には見えただろう。大きく広がったつばのある奇妙な麦藁帽のせいもあって、まるでコンラッドの小説に描かれる禍々しい熱帯の世界が、白昼、突如として目の前に現れたような感じがした。だが、さらに印象的だったのは、周囲で起こることすべてを無視する、幽霊のような完全な「存在感のなさ」だった。

よく見ると、やせた腕の先の、病的に節くれだった手を動かすのに苦労していた。関節症を長く患っている証だった。歩き方もぎこちなくて、いくぶんふらついていた。もし海が穏やかでなかったなら、こんな頼りない船頭などけっして雇いはしなかっただろう。

「『老夫岩』というのがどこにあるか、あんたは知ってるかね？」私は開口一番たずねた。

彼は、うなずくようにわずかに頭を下げた。そして、すぐに顔をそむけると、ほんの数メートル先に切れ端のような短いロープで係留してあるおんぼろなボートに向かった。ボートに乗りこむのに、危なっかしげに小さくジャンプした。すると、そのはずみで痩せこけた体全体がひどく揺れ動いた。私もあとに続いた。クレッシェンツォと名乗った男は、写真機ほどの大きさの古ぼけたエンジンを意外なほど手際よく始動させた。私たちを乗せた船は、タンタンタンタンというリズミカルな音とともに出発した。

私はクレッシェンツォの正面に座った。彼は、じっと動かず、片手を船外機の操作レバーに載せ、私の顔に目を向けていた。だが、私を見ているのではなかった。少なくとも私はそのような居心地の悪い印象を受けた。

そうこうするうちに、私たちは岸壁を越え、ボートはリーパリ島とヴルカーノ島に挟まれた水路に向かって進んだ。村を通り過ぎると、自然の景観はすぐに荒々しいものに変わっていった。海岸には、異様で不気味な感じのするでこぼこした断崖が切り立っていた。

エオリア諸島の自然の造形物は、アマルフィ海岸の、たとえばイスキア島やカプリ島の、荘厳かつロマンチックで、また人間臭い光景とはまったく異なっている。イスキア島やカプリ島にも、そそり立つ岸壁や尖った岩や断崖はある。だが、それらは人間の空想に適っている。ヴェルディのオペラの舞台背景のような、草木で縁取られた洞窟や絶壁は、峻厳であると同時に、愛の眩惑にふさわしい甘美さを湛えている。一方、ここエオリア諸島では、断崖や突き出た岩山は、苦悩と錯乱を表現しているかのように、むき出しで、荒々しくて、ねじくれていて、地下に隠れた火の地獄を常に想起させる。

今日の彫刻家たちは、エオリア諸島の沿岸を船でめぐれば、その貧弱なインスピレーションに活を入れることができるだろう。ここでは自然が、尽きることなく創造を重ねていた。怪物、巨人、身を縮めた蜘蛛、パイプのゆがんだ巨大なパイプオルガン、身をよじる人魚、崩れかけた廃墟、苦悶にゆがんだ怪物の顔、燃え盛る祭壇、花崗岩でできた矢、醜く爛《ただ》れた傷口、懲罰を受ける地の精や小鬼、禍々しい城砦、穢れた大聖堂。このような形で自然は、ごく短い距離の内に、奥深い孤独を生み出していた。崇高な美で、すなわち神秘で、隅々まで満たしていた。

「あれが、『老夫岩』かね？」島の西海岸の半分あたりまでやってきたとき、私はクレッシェンツォにたずねた。私はそれにすぐに気づいたのだった。

彼は振り返ってそちらを見ると、うなずいた。

岩は、目を奪うような岩壁を背景にして立っていたので、うっかり見逃してしまいそうだった。

高さは十五メートルもなかった。形はずんぐりと丸みを帯びていて、ぎざぎざして尖ったり、細く突き出ていたりするところはなかった。南側、すなわち私たちがいる側に、わずかにへこんだ場所があった。それは黄色と紫色の醜いこぶで覆われていて、こぶの塊は曲線を描きながら、溶けかかった蠟のように垂れていた。太陽はほぼ真上から岩を照らしていて、影は、どことなく人間の顔に見える形を、死期が迫り憮然としている暴君の顔のようなものを浮かび上がらせていた。眼窩とおぼしき二つのくぼみからは、何かが流れ下ってできた汚らしい緋色の筋があったが、すでに結晶化していた。静かに打ち寄せる波がうっすらと泡の筋を描く岩の根方には、小さな洞窟が口を開いていた。

そばまで近づくと、海は凪いでいるのに、洞窟の内部から、暗い裂け目の中から、波が逆流する音が聞こえてきた。それは嗚咽を思わせた。

私はエンジンを切るようにクレッシェンツォに頼んだ。彼は、風下に流されないように、苦労して二つの櫂を櫂受けに固定した。

すると、深い静寂と強い陽射しの下で、穴の中で水が上げる嗚咽が、ますます悲しげで、陰鬱に聞こえてきた。

「確かなのかね?」私はたずねた。「これが岩に姿を変えたメッシーナの老人だというのは」

「ええ、そう言われています」船頭はかすれた声でつぶやいた。

「夜には死んだ息子の名前を呼んで、彼に話しかけるというのは、本当かね?」

「ええ、そう言われています」

「夜、ここに来ると不幸に見舞われるというのは本当かね？」

彼は、その言葉の意味が理解できないかのように、無表情に私を見た。ばかでかいつばの帽子の下で、年齢のわからぬ顔は、死んだクラゲのように白く見えた。それから、こう言った。

「私も……私も岩なんです。二十五年前から」そしておもむろに頭を振りながら、私を見つめた。

「あんたも息子を……？」

幽霊のような男はうなずいた。

「ジョヴァンニという名前で、海軍の水兵長でした。マタパン岬沖海戦[1]のときに」

(1) マタパン岬沖海戦——第二次世界大戦中に地中海において連合国軍とイタリア海軍との間で行われた海戦。イタリア側に甚大な被害をもたらし、多数の戦死者を出した。

誰も信じないだろう

Nessuno crederà

九月に、こんな手紙を受け取った。

「親愛なるブッツァーティ君、中学時代に四年と五年で同じクラスだったブルーノ・ビシアをまだおぼえているかい？　たぶんおぼえてないだろうね。あれからずいぶん年月が経っているから。じつは今回、ある確たる理由から、きみに手紙を書いた。きみは、新聞記者として、奇妙で不可解な人物や場所や事件を追っているらしいね。で、きっと、いまぼくが働いているグラウビュンデン州にあるモルゲンハウスという場所に、特別な関心を示すんじゃないかと思ったんだ。

世間にはあまり知られないように努めているが、おそらくその場所のことは耳にしたことがあるだろう。博愛精神にもとづいて作られた、治る見こみのない病人たちのための一種の隠居所、療養所だ。だから、そこには無一文の人間も収容されている。資金は主に、アメリカ、メキシコ、スイスから得ている。その目的は、そうした不幸な人々に、苦痛、とりわけ精神的な苦痛を感じることのない最期を保証することだ。どのような方法によってかは、きみが自分の目で確かめてほしい。きっと、驚き、感嘆することだろう。

手紙ではこれ以上は伝えることはできない。もし私の誘いに乗るなら、返事をくれたまえ。待ってるよ。クラリス駅で落ち合うことにして、そこから先は車で案内する。あらかじめ伝えておくけど、モルゲンハウスの内部は見学することができない。短い間であれ、部外者の立ち入りは固く禁じられているのでね。でも、きみの興味を引きそうなのは建物の中じゃない。別のものだ。そして、それははるかに驚きに満ちたものだ。そのために、この手紙を書いたんだ」

ビシアのことはおぼろげにおぼえていた。当時はあまり目立たない少年だった。モルゲンハウスについては、現代の病と闘うために作られた、前衛的な夢の療養所だといううわさを耳にしていた。時折、新聞や雑誌で取り上げられることがあった。だが、常に曖昧な語られ方がされていた。そこではある方法によって、忌まわしい病気から残酷さがすっかり取り去られ、耐えうるものになるという。だが、どうやって？　密かに安楽死が施されているのか？　集団催眠が起こす奇跡か？　宗教的な秘儀が行われているのか？

ともかく、彼の申し出には、ジャーナリストとして大いに興味をそそられた。数日後、私はビシアに返事を書き、出発の準備ができている旨を伝えた。

クラリス駅で再会したとき、彼は遠い記憶とはまったく別人のように思えた。がっちりした体格の、背の高い男になっていた。赤みを帯びた灰色の短い髭が親しみの持てる顔を縁どっていた。私よりもずっと若く見えた。私たちはすぐに打ちとけた。車は、カメーデンに向かう道を十キロばかり走ったのちに、幅は狭いがアスファルトで舗装された枝道に入った。道は狭い谷間にのびていた。よく晴れた午後の五時だった。

山道を上るにつれて、農家や耕作地や人の存在を示す徴はますます稀になった。あるカーブに差しかかったときに、視界が開け、両側に、木々で覆われた高さ三百メートルもの絶壁がそそり立つ峡谷が現れ、その谷底まで見渡せた。車は、この険しい斜面を、樅の木立の中のつづら折りの狭い道を這い上るようにしてのぼっていった。途中、誰にも出会わなかった。

道をのぼりきったところまで来ると、目の前にすばらしい景色が広がった。そこには、森と草原からなる盆地があり、そのまわりを山並みがぐるりと取り囲んでいた。そして、ひとつの丘の上に、しゃがみこんだ修道士の形をした奇妙な崖を背景に、宮殿のような建物が光り輝いていた。

超近代的な趣ながらも、じつに躍動感と想像力にあふれ、平和と安寧と華やかさと幸福感を力強く表現しているあの建物を、それにふさわしい言葉で描写するのは、いまの私には不可能だ。いくつか突き出た塔には、長い竿の上できらびやかな旗がゆっくりとひるがえっていた。

だが、丘の麓から百メートルのところで、白い柵が山あいの隘路《あいろ》の端から端までのびていて、行く手をふさいでいた。そして、ちょうど入り口に当たる、柵の真ん中の手前に、小さいものの瀟洒《しょうしゃ》な感じの建物が建っていた。

「一種の監視所さ」ビシアが説明した。「同時にゲストハウスでもある。今晩きみが泊まるところだ。すこぶる快適だよ。今晩は共に過ごそう」

私たちは建物の中に入り、執事に迎えられた。豪華な調度品がそなえつけられた部屋を用意してくれた。まるで大富豪の邸宅にいるみたいだった。静けさの中で、遠くのほうからピアノの音が聞こえてきた。

隠者たちが暮らす魅惑的な館に夕闇が降りようとしているとき、ビシアがここに私を連れてきた理由とは？　だが、秘密とは？　驚くべき事実とは？　ビシアがそれを説明してくれた。

ゲストハウスを出ると、彼は柵の小さな扉を開けさせ、私たちは禁断の領域に足を踏み入れた。目の前には、滑らかな草原が形作るなだらかな起伏が幾重にも連なり、驚異の館まで続いていた。館の近くに、ゆっくりと歩く白い服の数人の人影を見たような気がした。

「死はどうして恐ろしいのだろう？」ビシアが言った。「どうしてこの世で一番怖れられているのだろう？　答えは簡単だ。死ぬ者は去り、ほかの者たちは残るからだ。もしすべての隣人もろともあの世に行くのなら、死は容易に受け容れられるだろう。もし、大災厄がとつぜん全人類を破滅させるのなら、死はもはや大きな苦しみを与えないだろう。まあ、想像してみてくれ。不治の病を宣告された者が未来に運ばれ、何世紀かあるいは千年先の未来に行ったとしたら、どうなるか。彼の親しい者たちも、友人たちも、仕事仲間も、若い者も健康な者も、病気に苦しんでいる彼を見て、残忍な優越感とともに彼を憐れんでいた者たちは全員、すでに骨と灰になっているだろう。息子や孫やひ孫もね。わかるかい？　そのような状況では、病人にとって、死ぬことはもはや意味を持たなくなるだろう。きみは、人間の卑しく浅ましい感情に訴える方法だと言うかもしれない。そのとおりだろう。だが、それが人間だ」

「そんな話が、一体何の関係があるんだい？」

「あるとも。これこそが、まさにモルゲンハウスの方法なんだ。われらの客、われらの病人たちは、ここではむしろ喜んで死んでいく。遥かな未来に運ばれて。妻や夫、兄弟や息子や孫たちはもうとうの昔に存在しない。ここでは、生き残っているのは彼らのほうだ。だから、安らかに死を迎えることができるんだ」

私は、彼の顔をまじまじと見つめた。冗談を言っているようには見えなかった。

「どんな方法で未来に連れていくんだね？　魔法かＳＦか麻薬の力でも借りるのかい？　あるいは催眠術をかけるとか。それとも、これは何もかも冗談なのかい？」

「いいかい」ビシアは、草地の上をゆっくりと進みながら話しつづけた。「時間という織物には、ところどころに裂け目や破れ目があるんだ。かなり難解なことだから、物理学者に説明してもらう必要がある。たぶん、それでもきみは理解できないだろう。ぼくだって結局のところ理解できていない。ともかく、その非常に稀な破れ目のひとつが、この人里離れたアルプスの一角に、ぼくたちがいるこの場所にあるんだ。ぼくたちの頭上には、ぼくたちを未来と繋ぐ穴のようなものがあるんだ」

「どんな未来だね？」

「何百年、何千年、何万年に一度起こる現象だろう。正確な時代はわからない。ただ、この谷間では、時間相が壊れて、言わば、ひび割れができているんだ。ぼくたちの今日は、二五〇〇年か三〇〇〇年かの人類の今日と交わっているんだよ」

狂人が話しているのは明らかだった。私は辛抱強く反論しようとした。「でも、きみたちの患者は家からの便りを受け取っているだろう。新聞を読んで、テレビを観るだろうに。どうして自分が未来にいると思うんだい?」

「もちろん外の世界からは完全に隔絶されているんだよ。彼らはそれに驚いたりしない。二〇〇〇年や三〇〇〇年に生きていることを確信しているのに、驚く理由がどこにあろう?」

「でも、きみたちはどうやって彼らを信じこませたの? その時間の裂け目とやらは、どうやって現れるんだね?」

「いい質問だ! ただ目を開けているだけで、おのずと納得するのさ。彼らが見たもの、ほぼ毎日見つづけているものによってね」

「ひょっとして、空飛ぶ円盤だとか?」

最後の日の光が周囲の峰々から消えてゆき、にわかに闇が降りてきた。私たちから五百メートルのところにある館のガラス窓に、ロマンチックな明かりが灯った。ビシアの声が厳かな響きを帯びた。

「夜に、稀に昼間のときもあるけど、もっぱら夜に、モルゲンハウスから彼らが通り過ぎるのが見えるんだ……」

「彼らって?」

「もちろん、ぼくたちの遠い子孫たちさ。空飛ぶ円盤なんかじゃない。きみも見るよ」

もはや疑いの余地はなかった。きっと治療法がないのだ。症状の穏やかな精神障害なのだ。モルゲンハウスは精神を病んだ患者たちのための豪華な療養所にすぎないことを、哀れなビシアは彼らのひとりであることを、私はようやく理解したのだった。虫も殺さぬような無害な男だから、時折、外出を許可されているのだ。

私は居心地が悪かった。「あのう」彼に言った。「寒いよ。中にもどりたいんだけど。きみもどうか遠慮せずに療養所にもどってくれ」

「いやいや、とんでもない。きみにつき合うよ。いっしょに夕食を取ろう。もう用意するように言ってあるから。今夜は仕事をしなくてもいいんだ」

その晩は、「時間」や「非時間」に関する馬鹿げた話を長々と聞かされた。私は「うん、うん」と相槌を打ち、「驚くべき発見だ」とか「すごい記事が書けるよ」と調子を合わせるしかなかった。ようやく十時半頃、私が眠気を訴えたので、彼は私を解放してくれた。安堵のため息とともに、私は部屋の扉を閉めた。いまや、帰るための車を見つけるのが問題だった。

テーブルの上に、ウイスキーと氷が用意してあった。グラスについで二、三杯飲んだ。それから、翌日の車の手配を誰かに頼もうと下に降りた。

階段も、部屋も、明かりに照らされていた。だが、誰にも会わなかった。呼んでみたが、返事はなかった。『外でボーイか守衛を見つけられるだろう』ドアを開けようとしたとき、低いうなり声のような音が空気を震わせはじめた。まるで洞窟の中で不思議に鳴り響く鈍い反響音のような、奇妙な音だった。どこから聞こえてくるのだろう？

建物の外に出てみた。外では、明かりが消えていた。モルゲンハウスのガラス窓も闇に包まれていた。ただ穏やかな空には、山でよく見られるように、霧がうっすらと広がっていた。

けれども、目を空に向けたとき、心臓がドキンとした。星々を完全には覆い隠していない薄い霧のベールのむこうから、私の右手に迫る山並みのほうから、三機の飛行機が進んでくるのが見えた。はるか上空を飛んでいることを考慮すれば、巨大な飛行機にちがいない。色は灰色で、ライトはまったく灯していなかったが、機体全体が鈍い光を放っているように見えた。

私ははっと我に返った。何を驚いているんだ？　ただの三機の飛行機じゃないか。機体が長い割には翼が小さいけれど、それが何だというんだ？　新しい機種が絶えず開発されているのだから。

飛行機は、三角形の編隊を組みながら、空の、霧のかかっていないところを横切って、反対側の山並みのむこうに消えていった。

だが、こんどは何が現れたのか？　空には、ずんぐりとしたトラックに似た、角が丸みを帯びた長方形の驚くべき船が、幾何学的な編隊を組んで進んでいた。やはり灰色で淡い光を放っていた。それらもはるか高いところを飛んでいるように思え、要するに巨大だった。やがて、空全体が船の群れで覆われた。そして船団は、見かけはゆっくりと、重々しげに、謎を秘めながら移動していった。

少なくとも五百隻はあっただろう。ようやく、最後の船列が黒々とした尾根のむこうに消えると、空は空っぽになった。

いや、それで終わりではなかった。こんどは、どこまでも延々と車両が連なる列車が二列、空に浮かんでいるところを想像してほしい。車両の長さはまちまちで、斜めに伸びている個所もあった。まるで、ところどころで幾何学的に膨らんだ、重々しげな黙示録の芋虫だった。その二つの頭は反対側の山のむこうに消え、私はいま、不規則な突起のある二本の不思議なアーチのようなものが、高度十万メートルの谷の上空を進んでゆくのを見ていた。私たちの目の前で口を開いた未来の深淵だった。そのとき、おそらく言葉では言い表すことが不可能な、途方もない感覚に襲われた。一体何なのだろう？　人々が移住しようとしているのか？　流刑の途上か？　戦争に赴く軍隊か？　鈍重で無敵の怪物の群れは、暗い運命を引きずっていた。

恐るべき列車が通り過ぎるまで、少なくとも十五分はかかった。理由はうまく言い表せないが、それはけっして心躍るような光景ではなかった。それどころか、まるで災いをもたらす蛮族の大群のような、恐ろしく、ぞっとするような光景だった。タタール人の軍勢か、暗黒の宇宙からやってきたサイの群れのようだった。私たちが通常思い描く、来たるべき至福千年紀とは似ても似つかないものだった。陰鬱で、寒々として、重苦しくて、病的で、不吉なものだった。

夢を見ているのだろうか？　それとも現実か？　私はけっして語らないだろう。けっして書かないだろう。誰も信じてくれないだろうし。

うんざりさせる手紙

Lettera noiosa

親愛なるエレナ。どうしてこんなにも長い間、あなたに手紙も書かず、まったく連絡もとらずにいられたのか、わたしにもわからない。でも、時はあっという間に過ぎ去っていくし、冬の間はひどい憂鬱にとりつかれてしまうものだから。とうとうわたし、あの人を殺したの。要するに、ペンをとってあなたとのおしゃべりを再開するには、最後に会ったときから五か月もの時間が過ぎ去ることが、この、明るさと安らぎに満ちた田舎に祝福された春がやっと訪れることが必要だったってわけ。誓って言うけど、わたし、もう耐えられなかったの。

ああ、あなたがいまここに、わたしのそばにいてくれたらいいのに、って思う。わたしにとても近い感受性をそなえていて、自然や古い家がたてる神秘的なかすかな声を聞き取る耳を持っていて、わたしと同じように、ほかの人たちにとっては退屈でつまらない日々の生活にささやかな魅力を見出すことができるあなたが。あんな夫から解放されたのは、本当に大きな慰めだったわ。

今は夕暮れ時。木々や野原が眠りに就こうとしている。どうして長年耐えられたのか、わたしにもわからない。（さいわい、近くに道路はないから）家のまわりにはすばらしい安らぎが広がっているし、安心と、善意と、満足と、なんて言ったらいいのかしら、深い親密さの感覚がわたしの心を穏やかにしてくれる。それに、「教授」はもうわたしを苦しめないし、文句を並べないし、説教を垂れることもない。

今はもう暗くて見えないけど、昼間には、いまわたしが座っている書き物机から、窓台に顔をのぞかせている蔓植物のスピリディーナの新芽が見えるの。とても淡い緑色で、愛らしくて、感動的なの。まるで命そのもの、希望が目に見える形を取ったみたい（頭がいかれてるなんて言わないでね）。あの人は、夜中眠っているときに、鼻からヒューヒュー音を出していた。ぞっとしたわ。それにわたしを裏切っていた。ずっと。

ねえ、知ってる？　春になると、古い家具や建物の大昔の基礎部分がきしんで音を立てるのよ。この下の、森を抜けたところに住んでいる、鉄道の保線作業員の娘もわたしを欺いていた。ねえ、知ってる？　春になると、わたしの内部でも――正確な場所はわからないけど、きっと神経や感覚器官の奥のほうで――どうやってか、ずっと押さえつけられていた一種のバネが弾けるのよ。パチン、パチンって。わたしの体の中の一番奥深い部分に小さなバッタがたくさん潜んでいて、それらがとつぜん飛び跳ねるような感じ。かろうじて感じ取れるくらいの、でも、とっても魅惑的で、甘美で、かすかな感覚なの。あなたもそうなの？　ねえ、あなたもそうなの、エレナ？　簡単だったわ。あの人はいつものようにヒューヒュー音を立てて眠ってた。ヘアピンを見つけていたの。帽子を固定するのに使うヘアピンを。もしかすると祖母のものかもしれない。すてきなヘアピンなの。

今は、わたしにとって、一年で一番好きな時かもしれない。どこを狙うか十分計算したわ。あの人は、いつものようにヒューヒュー音を立てつづけていた。わたしは力一杯押しこんだ。バターに突き刺すみたいだった。けさ、庭に出てみると、すてきな驚きが待っていたの。熱帯産のグワディンナよ。ほら、ジェンクさんがわたしのためにザンジバルから持ち帰ってくれた植物。枯れてしまったと思っていたのが、夜の間に花をひとつ咲かせていたの。いえ、花っていうより、まるで炎か、松明か、あふれ出る光よ。あの人は、目を開けただけで、動かなかった。「いしゃ……」ってつぶやいた。たぶん「医者を呼んでくれ」と言いたかったのね。やったのはわたしだってことを理解していなかった。「いしゃ……」と言うのと同時に、空気が抜けた風船みたいに死んでしまった。グワディンナはおぼえてる？　ちっちゃな植物。まるで玩具か、戯れみたいな。でも、その体の奥に大きな生命力を秘めていた。自然って、なんてすばらしいのかしら。驚嘆するばかり。美と、高潔さと、知恵と、芸術的なインスピレーションの尽きせぬ鉱脈よ。

なかでも一番すばらしいものは、何だかわかる？　ワルキューレ蝶よ。空色と薄紫色の筋のある、あの蝶。あの被造物の傑作。蝶のなかでも、とりわけ美しくて、繊細で、アールヌーヴォー風で、女性的な蝶。それに、あの独特の飛び方。おぼえているかしら？　腰を振るように飛ぶの。で、信じてもらえないかもしれないけど、その蝶がみんな、一匹のこらず、かぐわしい香りを放ちながら咲きほこるグワディンナの花にとまっていたの。花も喜んでいるみたいに見えた。あの人をベッドから引きずり下ろしたときには、ドスンという大きな音がした。あの大きな体だから、重くてとても持ち上げられなかった。それから、階段を引きずって下ろすときにも、ドスン、ドスンって音を立てた。一段ごとにドスンってね。とてもすてきな仕事だった。あの人のほうは、髭が垂れて、どんどん醜くなっていった。

　ああ、そうだ。もうひとつすてきなニュースがあるの。わたしのシャム猫のミランドラが仔猫を六匹産んだのよ。想像できないくらいにかわいいの。ソッフィアーティ家のたくましい雄猫との間に産まれた子たちで、本当にすごくかわいいのよ。獣医さんが——あなたも知ってたかしら？——あの感じのいいスコルレージさんが、出産に立ち会ってくれた。驚いてたわ。この子たちはもう耳が立ってるって。もうコンテストに出て賞をもらえるよ、って言ってた。あの人を下水道のマンホールまで運んだ。底に落ちたときに、「ボチャン」っていう音が聞こえた。

　冬の間は退屈だから、わたし、本をたくさん読んだの。たぶんここみたいな田舎では、あなたが暮らしている、光にあふれて、にぎやかで、すてきな機会がたくさんあって、（ああ！）頻繁に電話をかけ合う都会よりも、ずっと退屈に感じるの。あなたは笑うでしょうね。歳のせいで、盲信家に、迷信深い人間になってしまったと思うでしょうね。どうぞ笑ってちょうだい。わたし、旧約聖書を愛読するようになったの。あの人は何度も説明してくれた。わたしたちの家の下水道は、どこまでのびているかわからない地下水の流れに通じていることを。この家は、地下のトンネルや洞窟でいっぱいのカルスト台地の上に立っているってことを。もちろん旧約聖書は、子どもの頃、教科書として読まされたわ。だから、大嫌いだった。それが今は、毎晩、そう毎晩かかさず寝る前に、小さな聖書を適当に開くの。どこを開いてもすばらしい言葉ばかり！　翌朝、あの人が行方不明になったことを警察に届け出た。前日の午後から姿が見えなくなった、って伝えた。毎回、信頼と安らぎと善に満たされるの。今ではすっかり痛んでしまったわが家の礼拝堂を修繕してもらおうかしら、って考えているくらいよ。いつの日か、天使たち（それとも悪魔たち？）によって神さまの玉座の前に連れていかれたときに、そのことを考慮してもらえるかどうかはわからないけど！

さあ、あなたを解放してあげる前に——たぶん、この手紙に少々うんざりしてるんじゃない？——あなたがとても気に入っていた、あのペルーのポンチョの作り方を説明しなくちゃね。あの人は夜中の一時に帰ってきたの。きっと保線作業員の娘のところに行っていたんだわ。警察はその周辺を捜索している。わたしがそう匂わせたの。それではまず、シェットランドウールの灰色（またはベージュ）の毛糸が二百グラム、同じ毛糸で黒（または黄褐色）のが九十グラム、白（またはクリーム色）のが五十グラムと3号の編み針が必要よ。二つのパーツに分けて、表目のときに減らし目をしながら編むの。ともかく、この下にいるあの人は見つかりっこないわ。亡くなった教授はカルスト地形の特徴をよく説明してくれたの。最初のパーツは、まず、灰色の毛糸で二百六十二目ほど編むの。ガーター編みで十段編み、それから同じく灰色の毛糸で、こんどはメリアス編みで十六段ほど編む。小説の中では主人公が後悔したりするけど、わたしはとても心安らいで、落ち着いていて、穏やかな気持ちよ。二十七段は、＊白い毛糸で編み目ひとつ、灰色の毛糸で編み目三つ＊を編む。＊〜＊を、最後が白の毛糸の編み目ひとつで終わるように、その段の終わりまでくり返して。二十八段は、＊白の毛糸で編み目三つ、灰色の毛糸で編み目ひとつ＊。＊〜＊を、最後が白の毛糸の編み目三つで終わるように、段の終わりまでくり返して。あの人は絶対見つかりっこない。二十九段から三十二段は白の毛糸で。三十三段と三十四段は灰色の毛糸で。三十五段から三十八段は黒い毛糸。三十九段と四十段は灰色の毛糸。四十一段と四十二段は白の毛糸。それから、このことは人に言っちゃだめよ。たとえあなたが判事の娘でも。こうして一段に二百二十六の編み目ができてる。四十三段と四十四段は黒い毛糸で。四十五段は……

星の影響力

L'influsso degli astri

友人のグスターヴォ・チェリエッロが、外国に出かける途中にミラノに立ち寄った。彼は、私が次の日曜日に大コレクターのフォッソンブローニ氏に自分の絵を見せるために、彼が暮らすマスタに行く予定なのを知ると、ぜひ自分の家を使ってくれと言って、鍵を押しつけた。私は、前にも、その家に泊めてもらったことがあった。

マスタに行くときはいつも心躍る。美しい町であるだけでなく、これまで訪れたどの場所よりも、人々が温かで親切だからだ。

土曜日の夕方に、飛行機でマスタに着いた。チェリエッロが言ったとおり、家の中は完璧に整っていた。彼の住まいは、郊外の小さな丘の上に最近造成された住宅地に建つマンションの屋上の、広々としたペントハウスだった。そこからは、大きな町が一望のもとに見渡せた。

寝る前に、気晴らしに、チェリエッロの書斎で古い占星術の本を何冊かめくった。知られているように、マスタは、いわば占星術の聖地で、ほかの場所では見られぬような熱意と真剣さをもって、占星術が研究されていた。占星学高等研究所は町の誇りだった。そこはれっきとした大学で、世界各地からやってきた二千人を超える学生が学んでいた。

チェリエッロも、職業は音楽家だったが、占星術の熱心な愛好家だった。以前彼は、占星術にはまったく懐疑的な私に、星々とその運行を研究することによって未来を予測し、各人の運命を解き明かすことができるという驚くべき事実を、少なくとも理論上はそれが可能であるということを、幾晩もかけて説明しようとした。

書斎の大きな机の上には、ここ何か月分かの「運勢モニター」紙が積み上げられていた。マスタで発行されている、占星術を探求するための専門の日刊紙だ。

十二頁からなる大判の新聞で、紙面のほとんどが、一般的な性格と特殊な性格の、詳細な星占いから成り立っていた。

たとえば、政治やビジネスの分野に関わる占いもあれば、健康状態の診断を図に表したものもあった。さらに、生年、職業、性別、さらには髪の毛の色にもとづく、個々人の運勢の予測も載っていた。

頁をめくっていると、その診断や予測は、通常の星占いのように、単に太陽系の惑星の位置から引き出されているのではないことに気づいた。専門家以外には知られていないはるか彼方の星々も計算に入れられているのだ。

最新号で、私個人に関わりうる占いを探してみたが、見当たらなかった。予測はすべて、マスタの町だけに関わっていた。ほかのすべての町まで調査の範囲を広げれば、必然的に計算が複雑になりすぎて採算が取れなくなるのだろう。

暑さのきびしい頃だったが、私はぐっすり眠った。ブラインドから差しこむ陽射しで目が覚めた。洗面所に行こうと廊下を通ったとき、床の上に置かれた白い物が目にとまった。カラー刷りの折り込み広告がはさまった「モニター」紙の日曜版だった。配達人が早朝にドアの下から差し入れたのだ。

拾い上げ、見てみた。いつものように、その日の状況を概括する、大きな文字の見出しが一面に踊っていた。こう書かれてあった。

MATTINATA DI DEPLORABILI INCIDENTI　不運な事故続きの朝
CONTRARIETÀ E INCRESCIOSI FASTIDI?　災難に厄介なトラブル？

(「モニター」紙では、通常、不吉な占い内容は断定を避けた形で伝えられた)

だが、そのかわりに、見出しの三行目には、やや小さな文字でこうあった。

SEGUIRÀ REPENTINA SCHIARITA　その後突然の好転へ

社説のほうでは、休みを外で過ごす行楽客、ドライバー、狩猟家、登山者、とりわけ海水浴客に対して、用心するように勧めていた。どう見ても、少々遅きに失した忠告だった。というのも、大部分の人々は、まだ新聞が配達される前の朝早いうちに、丘や山、湖や海へ出かけてしまっていたからだ。とはいうものの、前の晩になされた星々の観察から得られた情報にもとづくのでなければ、その日の正確な星占いを発表するのは不可能なのだということを、以前チェリエッロが私に説明してくれたことがあった。もちろん天体の動きは事前に計算できるが、考慮に入れるべき星は膨大な数にのぼるので、計算には毎回、何年もの作業を要するのだと。

五頁目には、「個々人向け」の占いのあとに、その日の午前中、特に危険な悪影響を受ける可能性があるマスタの住人のリストまで載せられていた。そこにチェリエッロの名前も見つけた私は、ドキッとした。その日は、遠く離れた場所にいて、事実上射程外にいるのは、彼にとってさいわいだった。正直なところ、そのときまで私は、占星術などこれっぽっちも信じていなかった。だが、わからないものだ。ともかく、少なくとも数時間は、何をするにも最大限の用心をすることにした。マスタにいるのだから、結局のところ私も、その、悪い影響を与える「星の場」とやらにどっぷりつかっているのだから。

「モニター」紙の占星術師たちは、部分的にでも、正しかったのだろうか？　几帳面な性格のチェリエッロの家では、いつもすべてが完璧に機能していた。にもかかわらず、洗面所の洗面台の排水管が詰まっていて、水の流れが悪いことにすぐに気づいた。

まさにそのため、私は顔を洗い終わると、二つの蛇口をしっかり締めようとした。ところが、どういうわけか、おそらく力を入れすぎたせいか、右の蛇口を締めるときにボキッという音がしたかと思うと、取っ手が空回りした。同時に、水が勢いよくほとばしり出た。とんだ災難だ。すぐにも洗面台は水で一杯になり、あふれはじめるだろう。さいわい、窓が近かった。溜まってゆく水を窓の外に捨てるために、鍋を取りにキッチンに走った。それでもまだ足りないかのように、洗面所にもどってきたとき、床に落としてしまったにちがいない「モニター」紙に足を取られてばったり倒れ、手首をひどくひねってしまった。

ともかく私は、悪態をつきながら、情け容赦なく溜まってゆく水を窓の外に捨てはじめた。だが、こんなしんどい作業を続けて何になるだろう？　むろん、今日は休みのパートタイムの家政婦がもどってくる次の朝まで持ちこたえられるわけがない。

なら、誰かに知らせるか？　でも誰に？　マンションには管理人がいなかった。それでは、マンションの住人に助けを求め、近くの水道屋の連絡先でも教えてもらうか。だが日曜日だ。はたして水道屋は家にいるだろうか？

私は、書斎と居間に敷いてある年代物のりっぱな絨毯のことを考えた。チェリエッロはそれを大切にしていたが、まもなく水に浸かってしまうだろう。水が漏れ落ちるにちがいない下の階の家の被害も考えた。消防に電話するしかない。

だが、消防の電話番号は？　水と格闘するのをあきらめて、電話が置かれている玄関の間に走った。だが、電話帳は見当たらなかった。近くに置かれた家具の引き出しを手当たり次第に開けていった。見つからなかった。非常に几帳面な男が、一体どこに電話帳をしまったのだろう？　図々しさはさておいても、家中をひっくり返すことなど不可能だ。

私は部屋に駆けこむと、人前に出ても恥ずかしくない最低限のものを身につけた。誰かマンションの住人に消防の電話番号を教えてもらおうと踊り場に出かかったとき、家の鍵を持って出るのを忘れたことに気づいた。ちょうどそのとき、風が吹いて、ドアがバタンと閉まった。私は外に閉め出されてしまった。

泣きっ面に蜂だった。悪態をつきながら、むかいの家のブザーを鳴らした。一度、二度、三度と。誰も出てこなかった（チェリエッロの家のドアのむこうでは、洗面台からあふれ出た水がザアザア流れ落ちる音が聞こえていた）。

階段を駆けおり、下の階の部屋のブザーを鳴らした。ドアを開けてくれた温和な感じの老婦人は、私の表情を見ておびえた。やっとのことで彼女を落ち着かせ、事情を説明した。「電話帳ならあそこです」彼女はようやく私に言った。「棚の上に。でも、けさから電話が通じないんですのよ」

「通じないって？　どうして？」

「わかりません」老婦人はいまではやさしくほほえんでいた。「マンション全体で使えないいんです」

「それじゃあ、一番近い公衆電話はどこですか？」

「さあ、私はふだん家の電話を使っていますので」

「近くに、バールくらいあるでしょう？」

「ええ、あるでしょう、あるでしょうとも」

強い陽射しが照りつけるなかを、私は外に走り出た。通りにはひとけがなく、まるでゴーストタウンのようだった。駐車された車がずらっと並んでいた。だが、人っ子ひとりいなかった。まったくいまいましい住宅街だ。店はほぼ一軒も見当たらなかった。

五百メートルは歩いて、ようやくバールを見つけた。電話はありますか？　あります。つながりますか？　ええ、もちろん、つながりますよ。電話帳は？　ありますとも。

電話口のむこうでは、私の災難話を聞きおえた消防の電話交換手が、思いやりも感じられる、冷静な小さな笑い声をもらした。「えーとですねえ、じつは、蛇口どころの騒ぎではないんです、けさは。夜明けからひっきりなしに電話がかかってきていまして、消防隊はみな出払っているのです」「じゃあ、どうすれば？」「ともかく、用件はお伺いしましたので、手が空きしだい向かわせます」

今頃、洪水はどこまで広がっただろう？　トレヴィの泉に変わってしまったマンションと、住人たちがすさまじい悪態を合唱しているさまを想像した。

バールの店員に、水道屋の知り合いはいないか訊いてみた。「ぼくの叔父さんが水道屋だけど」彼は答えた。「腕はすごくいいよ」「電話してくれませんか？」「でも、何時にもどるやら。今日は釣りに行っているからね」

それに、水道屋だけいても何になろう？　ドアをこじ開けてくれる鍛冶屋も来てくれなければ。チェリエッロをのぞけば、町に知り合いはいなかった。ただ、手紙を通じてだが、例のフォッソンブローニは知っていた。だが、当然彼も留守だった。十一時まで私を待っていたが、そのあと出かけてしまったのだ。いつ帰ってくるかはわからない。

私は、心臓が口から飛び出しそうになりながら、通りから通りへ、家から家へ、助けを求め、懇願した。だれもが親切だった。思いやりがあった、私の話に耳を傾けてくれた。だが、日曜日だった。水道屋たちは行楽に出かけ、鍛冶屋たちも遊びに出かけていた。

にわかに陽射しが消えた。いかにも夏らしい素早さで、大きな雲が空に押し寄せていた。時刻を見た。一時三十分だった。私は三時間近く狂ったように走りまわっていた。今頃、チェリエッロの家は、下の階の家々もろとも、ナイアガラの滝になっているにちがいない。

そして、ナイアガラの滝は空からもやってきた。叩きつけるような土砂降りの雨が降ってきて、あっという間に、通りから人が消えていった。こんどはタクシーを見つけなければ！　もう笑うしかなかった。

ふうふう言いながら、水たまりの中を懸命に進んだ。おそらく、もう消防士たちはチェリエッロの家の前に到着しているだろう、と思った。そこに私もいなければ話にならないのに。

ところが、頭のてっぺんからつま先までずぶぬれになり、疲れと怒りから半分死んだようになってマンションの前までもどってきたときには、赤い車は停まっていなかった。嵐をぶちまけた空は、ふたたび明るくなろうとしていた。

私は建物を見上げ、屋上のペントハウスに目を遣り、洪水の徴を探した。だが、どこにも変わった様子は見られなかった。

「ディーノ、ここで何をしてるんだい？　そんな姿で。一体何があったんだね？」

私はふり返った。

「モニター」紙はそう告げていた。タクシーから降りてきたのは、誰あろう、チェリエッロだった。彼は、私がマスタにいる間に少しでもいっしょに過ごせるように、帰宅を早めたのだ。私は、弱りきった顔でしどろもどろになりながら、自分がしでかした大失態を説明した。不思議なことに、彼は顔をしかめるでもなく、笑いで応えた。

「まあ、見てみよう。たぶん、それほどひどいことにはなっていないよ」

私たちはエレベーターを降りた。奇妙だ。踊り場はぬれていなかった。チェリエッロがドアを開けた。やっぱり奇妙だ。玄関の間の床はぬれていなかった（それでも、奥のほうからは、ザアザアと水が流れ落ちる、いまわしい音が聞こえていた）。

居間も、書斎も、ぬれていなかった。私たちは洗面所に入った。洗面台からあふれ出た水はタイルの上に広がり、真鍮の格子からゴボゴボ音を立てながら流れ下っていた。こんなこともあろうかと、チェリエッロはあらかじめ排水口を取り付けていたのだ（そして、慌てていた私はそれに気づかなかったのだ）。

床の上には、ただ、水にぬれてしわくちゃになった「モニター」紙が落ちていた。不吉な見出しは、一部の文字しか読み取れなかった。こんなふうに。

ORA CI　今は
CRE DI?　信じる？

セソストリ通りでは別の名で

Alias in via Sesostri

大学の産婦人学科の主任教授にして、聖母マリア病院、通称「産科病院」の院長であるトゥッリオ・ラロージ教授六十九歳の梗塞による死は、教授が所有するセソストリ通り五番の建物の居住者たちにとっては、一大事であった。

十五年前、すなわちこの町で暮らすようになったときから、私はその建物の四階のアパルトマンに住んでいる。非常に居心地のよい住まいだ。私が勤める会社——広告会社だが——のほうは、町の中心部にある。

どことなくウィーンの後期バロック建築を思わせる、ひかえめな様式を用いて二〇年代に建てられた、セソストリ通り五番の建物には、揺るぎない敬意が払われていた。何よりその地区は、もはや往時ほどではないものの、常に変わらぬ非常によい評判を享受していた。それに、あの外観。重厚で威厳のある入り口。折り目正しくてよく気の利く管理人とその妻。広々とした階段。隅々まで掃除が行き届いており、個々のアパルトマンの扉には、その名前と字体から経済力と高い道徳性をうかがわせる表札が掲げられていた。さらに、そこに暮らす借家人たちも、こう言ってもよいなら、いずれ劣らぬりっぱな人々だ。世間から高く評価された専門的職業人。若く美しくそのうえ模範的な妻たち。両親に従順で勉学に励む健全な子どもたち。この非の打ちどころのないブルジョワ的世界において、唯一やや異質なのが、独り身で、広いペントハウスにアトリエをかまえている画家のブルーノ・ランパだった。もっとも彼とても、モデナのランパ・ディ・カンポキアーロ家という貴族の家柄の出だ。

だが、この建物の中に築かれた同質的な小さな社会において、世間でもっとも名を知られていたのは、ほかならぬ、家主であるトゥッリオ・ラロージ氏だった。世界的な名声を誇る学者にして、神の手を持つと称される名医。人柄にも高い知性と人間性が現れていた。背が高く痩せぎすの体つき。手入れの行き届いた灰色の短い髭。金縁の眼鏡の奥から見つめる、すべてを見透かすような生き生きとした目。気品を感じさせる手。大股でやや尊大な足取り。深くて魅力的な声。

当然のことながら、私たち借家人は、故人の家を訪ね、夫人にお悔やみの言葉を伝えた。ラロージは五十歳を越えて結婚したので、妻はまだ若かった。二階のアパルトマンは、豪奢というほどではないが、りっぱなものだ。悲しみと嘆きのさなかにあっても凛とした遺族の姿に私たちは心を打たれた。こうした場合に往々にして見られるように、激しく取り乱すこともなければ、悲しみのあまり泣き崩れたりすることもなかった。静かで抑えのきいた落ち着きのある態度が、事実の重みをより一層強烈に印象づけた。

言うまでもなく、立派な葬儀が期待された。じっさい、葬儀を取り仕切る市の上層部のお偉方や職員の行き来が朝早くから始まった（その様子は一マイル先からでも目にとまった）。九時にはすでに、中庭の三つの壁にそって並べられた花輪が、まばゆいばかりの途切れのない垣を形作っていた。

遺族が出した死亡広告によれば、葬列は十一時にスタートする予定だった。十時にはすでに、道路は大勢の参列者でふさがれてしまい、警官が車の流れを別の道に迂回させていた。十時十五分に、産科病院のシスターたちの一団が、沈痛な面持ちで到着した。すべては、整然粛々と進んでいた。

ところが、十時二十分頃になると、予期せぬ問題が生じて、ことがしかるべき形で進んでいないような気配が感じられた。階段上に、哀悼とは無縁の表情を浮かべた奇妙な人々が見られた。ラロージ家の玄関の間からは、喧嘩腰とまでは言えなくとも、激しくヒステリックな言い争いの声が聞こえてきた。階段の下や建物の玄関ホールに集まった人々の間で、明らかな戸惑いと混乱の徴が広がった。故人が亡くなって以来はじめて、絶望にかられた大声までもが聞こえてきた。それは、紛れもなく未亡人の、ルチーア夫人の声だった。

事態の奇妙さに好奇心をそそられた私は二階まで降りて、ラロージ家に入ろうとした。それはまったく自然な行動だった。私も葬列に参加することになっていたからだ。

けれども、私は行く手を阻まれた。刑事であることが容易に想像できる三人の若者が、すでに家の中にいた人々には出ていくように乱暴に促し、入ろうとするそぶりを見せていた人々に対してはその歩みを阻んだ。そのため、今にもつかみ合いの喧嘩になりそうになった。そのような邪魔立ては、無礼を通り越して、正気の沙汰とは思えなかったからだ。

そのとき私は、もぞもぞ動く頭でできた厚い壁のむこうに、警察分署長にして機動隊の隊長である、友人のサンドロ・ルッチフレーディ氏の姿をちらりと見た。彼のそばには、殺人課の課長のウシロ氏がいた。ルッチフレーディ氏は私に気づくと、高く手をふりながら「驚くなよ！　いまに腰を抜かすぞ！」と私にむかって叫んだ。私はあっという間に、追い出された者たちの逆流に呑まれ、押し流されてしまった。

ほどなく階段の踊り場に姿を見せたルッチフレーディ氏は人々に告げた。「みなさん、やむを得ぬ事情によってラロージ教授の葬儀は中止されました。参列者はどうかお引き取りください」

あまりに唐突な通告に、驚きや抗議の声が上がり、議論が巻き起こり、憶測が飛び交いはじめたことは容易に想像できよう。だが、それも長くは続かなかった。刑事たちが、まず階段、次に玄関ロビー、最後に建物の周囲の通りで、人々を追い払う手立てを講じたからだ。

一体何が起きたのだろう？　なぜ警察が介入したのか？　教授は病気で亡くなったのではないのか？　誰を疑っているのか？　疑惑はどうやって生じたのか？　人々の心の中で次々と疑問がわいた。

だが、その答えは、誰もの予想をはるかに超えるものだった。まったく信じられないような真実を簡潔な形で最初に伝えたのは夕刊だった。一方、ラジオやテレビは沈黙していた。

手短に言うと、それは、今世紀に起きた事件の中でも、とりわけ世間をあっと驚かせるような出来事のひとつだった。すなわち、高名な産科医にして大学の主任教授であり、町でも指折りの大病院の院長であった故人は、じつはトゥッリオ・ラロージではなかったという疑惑が持ち上がったのであった。彼は、本名をエンツォ・シリーリといい、やはり産婦人科が専門のトリノの医師で、ファシズム時代に非合法な医療行為を行ったかどで複数の罪に問われ、医師会から追放された。その後、ドイツ軍の占領時代に再起をはたしてナチスの協力者となり、テューリンゲンの強制収容所において、実験の名の下に何百人ものユダヤ人の娘を拷問し、体を切り刻み、残忍な戦争犯罪者として悪名をとどろかせた。だが、解放の混乱時に行方をくらまし、ヨーロッパ中の警察が探しまわったものの、ついに見つかることはなかったのである。

ことのあまりの重大さゆえに、警察の情報にもとづく信じがたい暴露記事を伝えた当の新聞ですらきわめて慎重な表現を用い、当局はとんでもない大失態を犯そうとしているのではないかという疑念をにじませていた。

だが、失態ではなかった。同じ日の夜には、さらに驚愕的な最新の情報を詳細に伝える号外が怒濤のように出まわった。終戦直後にこの町にやってきた、悪名高いシリーリは、にわかに伸ばした髭のおかげでその風貌がどことなくトゥッリオ・ラロージ氏に似ていたのを利用して、有名な産婦人科医に成りすましたという事実が判明したのだ。ラロージは、祖母がユダヤ人であることからナチ＝ファシスト当局から敵視されたので、アルゼンチンへの移住を企て、一九四二年に逃亡した。スペインにたどりついた彼は、ブラジルの商船に乗りこんだものの、船は、大西洋上で、ドイツの潜水艦による魚雷の誤爆を受けて、乗客や積み荷もろとも沈んでしまった。

ラロージは独り身で、唯一の親戚は、まさにはるか彼方のアルゼンチンの大規模農園《ファゼンダ》で暮らしていた。こうして、彼の死は誰にもまったく知られることはなかった。彼の失踪を気にとめる者もいなかった。一九四五年の夏に、シリーリが、海外に移住したはずの産婦人科医を名乗ってこの町に現れたときも、誰ひとり疑わなかった。逃亡劇、ドラマチックに脚色して彼が語ったファシストからの迫害、新世界で直面したさまざまな困難は、彼にロマンチックなオーラをまとわせ、もう少しで抵抗運動の英雄として祭り上げられそうになったほどだった。それからまもなくして大学で正教授のポストが空くと、当然のように彼がその地位に就いた。彼は馬鹿ではなかったし、高い教養もそなえていたので、長年正体を偽りつづけるのもさして難しいことではなかった。本物のトゥッリオ・ラロージはといえば、まるで跡形もなく消えてしまったかのようだった。彼も、彼の親戚たちも。

このような事実を、新聞は伝えていた。今や人々は、一体なぜ、まさに葬儀の折に、真実がとつぜん明らかになったのかを不思議に思っていた。記事によれば、その説明は簡単だった。戸籍簿への死亡登録の際に、公式なデータと故人の書類に記載されたそれとの間にいくつかの不一致が存在することが判明したからだ。そこから警察が関心を抱き、すべてが明らかになったというわけだ。

実際のところ、この遅まきながらの発見には多くの謎めいた点があった。そして彼の知人たちの間に、わけても、今や気まずい雰囲気に支配されている、りっぱな家の借家人たちの間に、少なからぬ当惑をもたらした。あたかも、市民の鑑と評されてきた人物にとつぜん降りかかった不名誉が周囲にまで広がり、長年彼のそばで暮らしてきた者たちをも汚してしまったかのようだった。

正直なところ、私もひどく動揺していた。もし、かくも人々から尊敬されていたりっぱな人物の評価がとつぜん崩れ落ち、汚辱にまみれてしまうのであれば、もはや一体何を信じたらいいのだろう？　さらに、まったく予期していなかった電話が、私の不安をかき立てた。ある朝、家に、機動隊のルッチフレーディから電話がかかってきたのだ。

さきほど言ったように、ルッチフレーディは友人である。私はこれまで常に、誰か警察の有力人物を友人に持つように心掛けてきた。そうすることによって、何が起きるかわからない人生において、安心と安全を得ることができるからだ。ルッチフレーディとは、何年か前に共通の友人の家で知り合った。彼は私に対してすぐに少なからぬ好意を示してくれた。私はそれを利用して、機会を見つけては彼とオフィスの外で会ったり、食事に誘ったり、興味深い知り合いを紹介したりした。そうやって頻繁に会っていた。だが、朝っぱらから彼が電話してきたことなど、これまで一度もなかった。

「やあ、アンドレアッタ」彼は私に言った。「さぞかし驚いていることだろうね。あの有名な教授の、きみの尊敬すべき家主の件では！」

「ああ、お察しのとおり」彼が話をどこにもっていこうとしているのかわからないまま、私は答えた。

「きみはもっと詳しく知りたいと思っているんじゃないのかね？　新聞はすべてを伝えているわけじゃないからな」

「もちろん、知りたいさ」

「きみにいろいろ話してあげてもいいんだけどね。どうだい、会わないかね？　今晩の予定は？」

彼は夕食にやってきた。私の女中はたいへん料理上手で、わが家にやってくる友人たちはその料理を味わえるのを楽しみにしている。私は彼女に、存分に腕をふるってとっておきの料理を作ってくれるように頼んだ。

さて、私たちはゆったりとテーブルにつき、クリームソースを使ったみごとなカンネッローニ料理とシャトー・ヌフ・デュ・パプのグラスを前にしていた。真上から照らすシャンデリアの光が、ルッチフレーディの左の頬に刻まれた深い傷跡を浮かび上がらせ、どことなくフランク・シナトラに似た痩せた顔は、いつも以上に頬がこけて見えた。

「信じられないかもしれないが」と彼は話しだした。「じつは、私は一年半前から彼に目をつけていたんだ。信じてもらえないかもしれないが、一年前には真実を知っていた。だが公表せずにいた。なぜかって？　大変なスキャンダルになるし、学界における影響だって……」

「それなら」と私は口をはさんだ。「大局的な視点に立って、彼が亡くなったあとも事実を伏せておくこともできただろうに……」

「いや、それには相続の問題があったからな」

「でも教えてくれないか、どうして疑いを抱いたんだ？」

ルッチフレーディはからからと笑った。「いやなに、匿名の手紙を受け取ったのさ。消印が改竄されていたから、どこから送られたのかはわからないがね。匿名ではあったが、じつに詳細なことが書かれていた……もちろん、裏を取る必要があった。で、私は徹底的に調べ上げた……調査能力にかけては、私は人一倍優れているんでね……」

「でも、長年、誰も彼の正体に気づかなかったなんてことがありうるだろうか?」

「ひとりいた。だがシリーリは金にものを言わせて口を封じていた。大枚をはたいてね。我々は支出と日付が記された手帳を発見した。だが、そいつはけっして尻尾をつかませなかった」

「じゃあ、一体きみたちはどんな証拠を握っていたんだ?」

「その点に関しても、ことは単純だ。病院に残されていた教授の指紋さ。シリーリの指紋はトリノの記録保管所にあった」

「すまない。なかなか面白い話だけど、じゃあ、結局きみは何を探り当てたんだい? 労せずして手柄を手にしたんじゃないのかい?」

「さあ、それはどうかな」彼は曖昧な表情を浮かべながら頭をふった。「たとえば、匿名の手紙を書いたのは、ほかならぬ私ではないとどうして言える?」そしてまた、からからと大笑いした。

一方、私はなぜだか笑えなかった。「なんだか妙じゃないか。そんな話をぼくにするなんて」彼に言った。

「妙じゃないさ」彼は答えた。「いずれ、きみはその理由を知ることになるだろう……へっ、私は徹底的に調べ上げる男なんでね……私は辛抱強い……待つすべを心得ている……そして、その時がやってくる」

「もうやってきてる」

「やってきてるし、さらに、やってくるだろう」

「来るって、どんなふうに?」

「へっ、私は徹底的に調べ上げる……誰かさんにとってのその時はやってくるだろう……セソストリ通り、気品ただよう通り……手本となる通りだよね？　とりわけ五番は……住んでいるのは品行方正な人たちばかり……へっ、へっ……だが、私は徹底的に調べ上げた……」

私の顔は蒼ざめているだろうか？　わからない。私は彼に言った。「正直なところ、きみの言いたいことがよくわからないんだけどね」

「いや、わかるさ」彼はとっておきの笑みを浮かべながら、手帳を取り出した。「本当に知りたいかね？　すっかり聞きたいかね？　だが、あとで黙っていられるだろうか？」

「だと思うけど」私は答えた。

彼は黙ったままじっと私の顔を見つめた。「たしかに」やがて彼は口を開いた。「しゃべったりはしないだろう。そう考えるに足る理由もあるしな」

「確信があるのかい？」

「ある意味、確信はある……さて、それでは」そう言いながら彼は手帳をめくった。「功労勲章受《コンメンダ》勲者《トーレ》のグイード・スコペルティを知っているかね？」

「すぐそばに住んでいる人物だ。お隣さんだよ」

「では、スコペルティというのは偽名だとしたら？　本名はボッカルディ。カンポバッソ出身のグイード・ボッカルディだとしたら？　詐欺破産罪のかどで九年間の禁固刑を食らっているとしたら？　面白くはないかい？」

「まさか！」

「グイード・ボッカルディは一九四五年に九年の禁固刑を科せられた。だが、書類の記載ミスのおかげで、四六年に恩赦を受けた。そして同年九月以来お尋ね者になっている」

「で、警察は今になって正体に気づいたというのかい？」

「ひと月前にね……それから、マルチェッラ・ジェルミニアーニという名前に聞きおぼえは？」

「二階に住んでいる女性だ。大金持ちで、ロールス・ロイスを持っている……」

「そうかね。で、その裕福な未亡人だが、ジェルミニアーニという姓であったことなど一度もなく、本当はコッセットという名だ。マリーア・コッセット。夫殺しの罪で裁判にかけられた。一審では無罪宣告を受けたが、控訴審では欠席裁判で終身刑を宣告され、そのときから行方をくらましている。どうだい、びっくりしたかね？」

「ぼくをからかおうっていうのかい？」

「それから、三階に、この真下に住んでいる、ボクシング協会の会長のプブリコーネ氏の本当の洗礼名はアルマンド・ピスコだと言ったら、腰をぬかすんじゃないかな？　ピスコという名前に聞きおぼえは？　何か思い出さないかね？」

「たしか何年か前に、フランスで裁判があったな」

「そのとおり。ホルスの絞殺者と呼ばれた、性的異常者だ。セーヌの重罪裁判所でギロチン刑を宣告されたが、処刑の前日に逃亡した……彼の手を見たことがあるかね？」

「きみはすばらしい空想力の持ち主だな」

「それからロッツァーニは？　五階のワンフロアを借りているオートクチュールの創業者のアル

ミーダ・ロッツァーニは？　彼女のまたの名はマリエッタ・ブリストット。何でもこなす女中だったが、三百万リラの宝石を持ち逃げし、欠席裁判で五年の刑を宣告された……美味いねえ、このノガン料理は……じつにすばらしいよ……まだ、終わりじゃない。ランパ伯爵こと、ランパ・ディ・カンポキアーロ。ペントハウスに住んでいる新印象派の画家だが、そのきみたちの伯爵は、またの名をブッタフオーコ猊下といって、リオデジャネイロの教皇大使の第一秘書だった。まだブラジリアは存在していなかった頃の話だ。かのサン・セヴェリオの使徒慈善協会の会長でもあった彼は、手短に言えば、五万ドルを超える金を横領して逃亡し、完全に行方をくらました」

「そうすると」私は口を開いた。「全員片付いたってわけだ。ひとりをのぞいてね。そして、それはどうやらぼくのようだが……」

「ほう、そうかね？」ルッチフレーディはいくぶん皮肉っぽく答えた。「じつはね、調べ上げるのが得意な私は、きみについても、ささやかな事実を掘り起こしたようなんだがね」

私は驚いたふりをした。「ぼくについてだって？」

「そうだ、セルポネッラ君。壇上の政府高官たちを爆弾で吹っ飛ばした、あのリオンの大虐殺のあと、きみはまんまと警察の網をかいくぐった……。だが、ほんのわずかだが手がかりを残した……インターポールから情報を得た私は、例によって徹底的に調査した……そしてついに、私たちはいま、こうしてむかい合っている。分署長にして機動隊の隊長である、私ことルッチフレーディと、親しい友人ルーチョ・アンドレアッタ、またの名をルイ・セルポネッラという古臭い無政府主義者のテロリストは……本当に残念だよ。きみを逮捕しなければならないというのは。きみみたいないいやつを……動くな。逃げられるとは思わないことだ。この建物は警官が二重に包囲している。犯罪者どもを一掃するためにな！」

「いやはや、きみはたいしたやつだ、ルッチフレーディ君」私は彼に言った。「おそれいったよ。サンドロ・ルッチフレーディ、またの名をカルミネ・ニキアリコ。だろ？」

こんどは立ち上がろうとしたのは彼のほうだった。その顔からは血の気が失せていた。もうノガン料理を味わうどころではなかった。

「そのニキアリコとやらは、一体何者だね？」

「カルミネ・ニキアリコ」そう言いながら私は立ち上がった。「ロッサーリ団の兵士。少なくとも三人を殺した殺人犯……」

彼はせせら笑った。「そんな輝かしい過去を持っていながら、機動隊の隊長になれたというのかね？」

「じつは、ぼくも少々調べさせてもらったんだよ……ポレージネの洪水……聞いたことは？　危険にさらされた一家を救助に向かったルッチフレーディ副警視正は、水に呑みこまれて英雄的な最期をとげた……だが、その二日後、勇敢な男はひょっこり姿を現した。誰だかわからないくらいに顔にひどい傷を負って……そう、認めるよ、ニキアリコ君、きみはたいした才能の持ち主だ……さあ、なんなら、どうぞきみの部下たちを呼びたまえ……」

彼も立ち上がった。もう、さっきのようなにやにや笑いを浮かべてはいなかった。

「みごとだ、友よ」彼は私にむかって手を伸ばした。「正直なところ、予想もしていなかった。みごとだ。美味しい食事をどうもありがとう」

「コーヒーも飲んでいったらどうだね」いまや相手の鼻を明かすのは、私のほうだった。

「ありがとう。でも、オフィスにもどらせてもらうよ。片付けなきゃいけない仕事が山ほどあるんでね……また会おう、セルポネッラ君。これまで同様、友人として」

世界的な異議申し立て

Contestazione globale

年金生活者たちが集う大規模な集会で、モデスト・ズヴァンパという名の元保険会社の管理職の男が発言を求めた。

「みなさん。みなさんはいま世界で起こりつつあることをご存じです。歴史上類を見ない、驚くべき現象です。われわれにとっても、手本となりうる、手本とすべきものです。われわれはいまや人生の黄昏時にあるとしても、それは問題ではありません。むしろ、それゆえなのです」

聴衆の間に、当惑まじりの物問いたげなざわめきが広がった。会場には、少なくとも一万五千人の「老いぼれ」たちがいただろう。毎回突拍子もない提案をして年次総会を沸かせるズヴァンパは、一体どんな戯言を繰り出すつもりなのか？ だが、彼の発言をさえぎろうとする者はいなかった。

「これまでの歴史の中で前例のなかったことが、実証されました。それは、何千万人もの国民を擁する強力な国家の政府を危機に陥らせるには、血気盛んで、向こう見ずな、でも武器など持っていない数千人の若者の決然たる行動で十分であるということです。要は、一致団結すること、確固たる決意しだいなのです。でも、警察や行政当局や軍隊が相手に何ができる？　とみなさんはおっしゃるかもしれません。ところが、現実はどうでした？　権力を笠に着た傲慢きわまりない国の連中が、戦車も、戦闘機も、爆弾も、それどころか折り畳みナイフすら持っていない大勢の若者を前にして、尻尾を巻いたのです。少々辛辣な表現をお許しいただきたい」

「で、この若者たちの望みは何でしょう？」誰かが意見しようとする前に、ズヴァンパは熱のこもった口調で続けた。「彼らは何を望んでいるのでしょう？　何を訴えようとしているのでしょう。彼らの旗印は明快そのものです。世界的な異議申し立てです。彼らは取り除きたいのです。今日の社会の、おそらく腐っている土台を、階級格差、不正、嘘、非人間的な労働環境、既得権を。われわれよりもはるかに年を経て埃をかぶった保守主義の下で、彼らの言葉を借りれば、機械化され、抑圧され、画一化した世界における人間の奴隷状態を。彼らの試みは成功することでしょう。いや、きっと成功します。彼らを止められる手立てがあるというなら、教えてください」

ズヴァンパが息を継ぐと、奇妙な沈黙が訪れた。みな、ぽかんとした様子で彼を見つめていた。

「けれども、彼らは若い！」ズヴァンパはふたたび話しはじめた。「その意図はりっぱでも、彼らは人生を知らない。一方、われわれは人生を知っています。残念ながら。彼らは理想のために戦っている。おそらく無謀で混沌とした理想かもしれませんが。それでも魅力的です。ただ、はたして彼らの異議申し立ては、完全無欠なものと言えるでしょうか？　無敵の力を持っているというのに、どうしてそれを、われわれ人間にとっての最悪の不幸に向けないのでしょう？　もっとも恐ろしい不正に目をつむるとしたら、何のための異議申し立てでしょう？　彼らは、最初にこの異議申し立ての計画の全体像を描くにあたって、どうして死を取り上げなかったのでしょう？　社会的不平等や、大衆の奴隷化や、大学改革どころじゃない！　死、それこそが、大昔から人類の歴史を害してきたわざわいなのです！」

あちこちで小さな笑いがもれた。口笛を鳴らす者もいた。残りの者たちは沈黙していた。ズヴァンパの言葉に真剣に耳を傾けていた。

すると彼は言った。「ですがわれわれは、あの若造たち、りっぱではあるが、如何せん未熟で、物事の本質が見えていない若造たちに、この究極の要求を掲げてくれるよう求めることができるでしょうか？　今日までこの世界を冷徹に支配してきた、不幸きわまりない掟に対して抗議し、取り除いてくれるのは彼らなのだという期待を抱くことができましょうか？

聴衆のみなさん、われわれに、いまや祖父さんやひい祖父さんですが、まだまだ元気で、人の助けがなくともやっていけるわれわれに、驚くべき機会が訪れていることを理解されていますか？お手本をちょっと示すだけで十分でしょう。そうすれば、人生の斜陽を迎えた何百万人もの人々が、われわれとともに立ち上がるでしょう。歴史の流れを根本的に変えるのは、われわれの力なのだということをおわかりでしょうか？　占拠です！　占拠するのです！　病院を、墓地を！　われわれは今こそ死の歩みを阻止しましょう！」

大きな叫び声が一斉に上がった。少々しわがれてはいたが、何千人もの老人たちの叫び声が。反乱の種は撒かれた。穏やかに進行していた集会は興奮の坩堝《るつぼ》に変わった。まるで何かに取り憑かれたかのようだった。「占拠だ！　占拠だ！」彼らは叫んだ。老人たちは、集会が開かれていたマグヌム劇場を夜の七時頃に出発し、行進しはじめた。一糸乱れず整然と、静かに、肩を寄せ合い、ゆっくりとした、だが確かな足取りで。不思議なことに、押し寄せる人波の間から、「死はもうたくさんだ！　世界的な異議申し立て万歳！　忌まわしい婦人は消えてしまえ！」と書かれたプラカードや横断幕が出現した。カメラマン、リポーター、ニュースキャスターを乗せた青いライトバンが次々と到着した。ニュースは国中を、世界中を駆けめぐった。

さいわい、よい季節だった。老人たちは、大病院のまわりを隙間なく取り囲み、ピケを張った。彼らはナイフも、ピストルも、機関銃も持っていなかった。せいぜいステッキを手にしている者がいるくらいだった。たき火が焚かれた。イネス・リデルバ[1]の時代のレビューで活躍した老音楽家が、すてきな賛歌を即興で作った。リフレインはこうだ。「運命は、ぼくたちの運命は変わるだろう。死には超ウンザリだ！」全盛期にはジャック・ヒルトン管弦楽団で仕事をしていたギターリストが、その曲をシェイクのリズムにアレンジした。老人たちが信じられないほどエネルギッシュに踊り狂うなか、夜の帳が降りていった。

十一時半頃、サマルカンドから一瞬にして、恐るべき婦人が飛来した。その夜、病院で、二十人ばかりの命を刈り取る予定だったのだ。もちろん、女医に変装していた。つつましい服装ながら、どことなく洗練された気品を漂わせていた。彼女は正面入り口から入ろうとした。だが運悪く、そこにはズヴァンパが陣取っていて、一目で女の正体を見破った。警告が発せられ、女は、老人たちの罵声を浴びながら退却を余儀なくされた。

病院の大部屋では、助任司祭とシスターたちが、今にも死にそうなひとりの患者が旅立つのをじりじりして待っていた。みな、早く寝に行きたかったのだ。ところが患者は、信じられないことに、がばっとベッドから起き上がったかと思うと、ニンニク風味のフェットゥッチーネが食べたい、と口にした。医学的には間違いなく死ぬはずだった病人たちが突然治ってしまったのだった。

死神はといえば、近くの工事現場に避難して、イライラした様子で手帳をめくり、その晩の、山ほどある仕事の予定を確認した。どうしたものか？　力づくで老人たちのバリケードを突破するか？　死神は、自分がすでに十分不人気なのを知っていた。だから、そのうえそんなことをすれば、ますます嫌われるのは目に見えていた。

損得を計算した死神は、他の場所で夜の戦利品を得るべく、去っていった。もちろん仕事ならいくらでもあった。仕事に事欠くことなどけっしてなかった。一度として。

今日のコミュニケーション手段の発達のおかげで、ニュースが国中に知れわたるのに、たいして時間はかからなかった。名前を挙げるのは差し控えるが、上流階級の著名人たちがすかさず祝賀声明を発表し、何らかの形で、この大いなる勝利のおこぼれに預かろうとした。人々は慢心しはじめた。ついに、人間に対する永遠の刑罰は消えてなくなるのだろうか？

ところが、抗議運動に参加していた学生たちは、そのニュースを知るや、すぐさま招集をかけて、大学の講堂に集まった。彼らを突き動かしたのは、かならずしも妬みの感情ではなく、まことに道理にかなった懸念だった。もし、あのいまいましい老人たちが死神の活動を妨害しつづけるなら、年寄りはもう、誰ひとり死ななくなってしまう。人口は恐るべき規模に膨れ上がり、人類が食べていくのは、現在使える手段はもちろん、彼ら、すなわち学生たちが世界的な異議申し立てによって世界にもたらすであろう手段をもってしても不可能になるだろう。何か手を打たねばならない。

こうして、怒れるデモ隊は大学を出発し、大病院を目指して行進していった。やがて二つの集団が対峙した。病院を取り囲む老人たちと若者たちが、五十メートルの距離を置いて、正面からにらみ合った。辛辣な言葉が飛びはじめた。「老いぼれどもはくたばれ！　地獄へ堕ちろ！　腐れ外道！　労働者の敵！」

ズヴァンパは走りまわって、うろたえる仲間たちを励まそうとした。だが、その彼の顔も蒼ざめていた。にわかに疲れが出て、気力が萎えてゆくのを感じた。胸をかきむしられるような妬みとともに、目の前の若者たちを見た。粗暴で、頑なで、だらしなくて、貪欲で、髭面で、残酷で、だが呆然とするほどに若い彼らを！　正しいのはどちらだろう？　そのときズヴァンパは、学生たちの一団のむこうに、悪名高い彼女の姿を見つけた。炎の国から舞いもどった死神は、抜け穴を探してうろついていたのだ。

「おーい、そこのご婦人！」ズヴァンパは彼女にむかってありったけの大声で叫んだ。すると、彼女はふりむいた。

ズヴァンパは仲間をのこして歩みだした。あっけにとられている学生たちをかき分けながら進みつづけ、彼女の前までやってきた。

「さあ、女伯爵よ」彼は、苦さを含んだ、だがとびっきりの笑みを浮かべながら彼女に呼びかけ、その手を取った。「私は来ました。どうか、遠いところに連れていってください」

（1）イネス・リデルバ（一八九三―一九六一）――イタリアの舞台女優。一九二〇年代から三〇年代にかけて活躍し、イタリアだけでなく、スペインやラテンアメリカでも人気を誇った。

ヴェネト州の三つの物語

Tre storie del Veneto

何年も前に故郷の町を離れたヴィチェンツァ出身の友人が、三つの不思議な話を聞かせてくれた（人物と場所の名前はここでは変えてある）。

塔

いまでは帰る家もない故郷の町には、めったに立ち寄ることもなくなってしまったけれど、行けばいつも、遠縁にあたる独り身の従姉のところに泊めてもらう。彼女は、ムーレ・パッラマイオ地区のあたりの、古くて寂しい館にひとりで住んでいる。

館には、庭に面した翼棟があって、ずっと昔から、往時のにぎやかかりし頃でさえ、すでに使われていなかった。由来はわからないが、その建物は「塔」と呼ばれていた。

そこには、夜になるとひとけのない部屋を幽霊が歩きまわるといううわさが、一族の間で言い伝えられてきた。罪深い人生を送り、遠い昔に亡くなったディオミラ伯爵夫人とかいう伝説の人物の幽霊が。

さて、最後に訪れた三年前、酔いがまわったせいもあってか、気が大きくなっていた私は、呪われた部屋のひとつに泊まらせてくれるようにエミリアに頼んだ。

「いったい何を言い出すのやら」彼女は笑った。

「きっと子どもの頃なら、そんな度胸はなかっただろう。だけどこの歳になると、怖いものもなくなるのさ。ただの気まぐれだよ。どうか頼みをきいてくれないか。迷惑でなければだけど」と私は答えた。

「迷惑ってわけじゃないけど」彼女は言った。「塔には寝室が四つあって、ひいお祖父さんの時代から、ベッドも何もかもいつでも使えるようになっているわ。唯一の問題は、少々埃っぽいことかしら」

「やめときなさい」と彼女は言い、「そこをなんとか」と私は返した。押し問答の末に、とうとうエミリアは折れてくれた。「じゃあ好きにしなさい。神のご加護がありますように」塔には電気が引かれていなかったので、彼女がみずから明かりのともった燭台を手に部屋まで案内してくれた。

アンピール様式の家具が置かれ、誰だかわからない古い肖像画が何枚か壁に掛かっている、大きな部屋だった。ベッドにはもちろん天蓋がついていた。

従姉が立ち去ってしばらくすると、静まり返った家の中で、廊下を歩く足音が聞こえてきた。ノックの音がした。「どうぞ」と私は言った。

看護師のような白い服を着た、にこやかな老婦人が入ってきた。水の入った水差しとコップをお盆に載せて持ってきてくれたのだ。

「何かご入用な物がないか伺いに参りました」「いいえ、何もありません。どうも御親切に」と私は答え、水を持ってきてくれたことに感謝した。

すると、彼女は言った。「館にはもっと快適な部屋がたくさんございますのに、どうしてこの部屋を用意されたんでしょうね」

「いやなに、私の好奇心からですよ。この塔には幽霊が住んでいるといううわさがあるので、ぜひ会いたいと思いましてね」

老婦人は頭を振った。「まあ、幽霊だなんて。昔ならともかく、もう幽霊が出るような時代じゃありませんわ。むこうの角には、ガレージもできたんですのよ。いえいえ、安心なさってください。ぐっすり眠れますから」

実際、そのとおりだった。私はほとんどすぐに眠りに落ち、目覚めたときには、すでに日が高く昇っていた。

けれども、服を着ながら、部屋の中に目を遣った私は、盆も水差しもコップもなくなっていることに気がついた。

着替えをすませた私は、部屋を出て、従姉に会った。「ねえ、ぼくが眠っている間に、誰が部屋に入って、水差しとコップを片付けたんだい?」

「水差し?」彼女はきき返した。「コップって?」

「ほら、たぶんきみが指示したんだと思うけど、きのうの晩、親切な老婦人が持ってきてくれたやつさ。きみが出て行ったすぐあとに」

彼女は私をまじまじと見つめた。「きっと夢でも見たのよ。この家の使用人は知っているでしょ？　老婦人なんていないわ」

魔女

私の祖母はすごい人だった。わずか二十七歳でヴィチェンツァの近くに、ダマスク織の工房を構えて、きりもりしていた。

ある日、織子の娘のひとりが、ぽろぽろ涙を流しながら彼女のところへやってきた。「どうしたの、リータ？　そんなに取り乱して？」すると彼女は、身ごもっていることを打ち明けた。

「そう。で、父親は？」私の祖母はたずねた。「ドゥイリオ。薬剤師さんのおいの」

「私にまかせなさい」祖母は言った。彼女は八十人の織子全員を呼び集めると、事情を話し、リータの力になってくれるように頼んだ。

想像できるかい？　怒れる八十人の娘たちに詰め寄られた哀れな男を？　一か月も経たないうちに、二人は結婚式を挙げた。七か月後には、かわいい男の子が生まれた。

結婚生活は、最初は順調で、うまく行っているように思えた。だがやがて、夫はむすっとふさぎこんで口数が少なくなり、妻に当たり散らし、酒を飲み、夜も帰りが遅くなった。でも彼女は、見て見ぬふりをして何も言わなかった。

けれどもある晩、仕事から帰ってきた夫がたずねた。「夕食は何を作っているんだ？」すると彼女は答えた。「スパゲッティを鍋に入れたところよ」「スパゲッティはいらない」夫は言った。「今夜は、スパゲッティは食べたくない。かわりにバターライスを作ってくれ」彼女は答えた。「お米は切れているの」すると夫は言った。「なら、買いに行けばいいだろう」

彼女は家を出た。半時間も経っていなかっただろう。もどったときには、夫の姿はなかった。一晩中、彼女は起きて待っていた。でも、翌日になってもドゥイリオはもどってこなかった。彼女はたずねてまわったが、夫の行く先を知る者はいなかった。

一日が過ぎ、二日が過ぎても、夫は帰ってこなかった。何か悪いことでも起きたのか？ リータは警察に届け出た。

さらに何日かが過ぎ、そのあいだ妻は泣き暮らしていた。とうとう警察から連絡があった。「わかりましたよ。ご主人は五日にブラジル行きの船に乗られています。このジェノヴァからの電報をごらんください」

要するに、ドゥイリオは、二度と帰らぬつもりで家出してしまったのだ。リータは諦めることができなかった。彼女にはお金も仕事もなかった。だがさいわいなことに、私の祖母がいた。

さらに六か月が過ぎ、私の祖母が訪ねてきた。「何か知らせは？」「いえ、まだ何も」すると祖母は言った。「私にいい考えがある。こうなったら、女占い師のバウに相談するしかないわ。さあ、服を着て。出かけるから」

二人は、ヴィチェンツァの年寄りの女占い師のところに行き、事情を何もかも話した。魔女バウは精神を集中させると、やがてリータに言った。「あっちに行って、鏡をのぞいてごらん」

隣の部屋に大きな鏡があった。鏡の中に、リータは何を見ただろう？　彼女の夫ドゥイリオがパーゴラの下にいるのが見えたのだった。のんびりとくつろいで、ボッチェ[1]に興じていた。リータは叫んだ。「ドゥイリオ、どこにいるの？　私はここでつらい思いをしているのに、あなたは呑気にボッチェなんかして」「落ち着きなさい」占い師のバウが言った。「あなたの夫は二か月以内にもどってくるから」

はたして、きっかり二か月後に、夫はもどってきた。そして家に帰るなり、抱擁も済ませぬうちに、妻にたずねた。「教えてくれ、リータ、一体ぼくに何をしたんだ？」

「私が？　何もしていないわよ。どうして？」

「ぼくはペルナンブーコ州で幸せにしていた。いい仕事も見つけて。ところがある日、パーゴラの下で、ほかのイタリア人たちとボッチェをしているときに、突然、胸の中で何かを感じたんだ。後悔というか、苦しみというか、燃え盛る火のようなものを。そしてその瞬間から、もう心が安らかではいられなかった。家に帰ることしか考えなかった。教えてくれ、リータ、一体ぼくに何をしたんだ？　何をしたのか教えてくれないか？」

「私が？」彼女は涼しい顔で答えた。「私に何ができるっていうの？　あなたは海のかなたにいるっていうのに。見捨てられた哀れな妻に何が？」

「何をしたんだ、リータ？」夫はなおも尋ねた。

「何も。誓って、何もしてないわ」彼女は答えた。

瓜二つ

ルイージ・ベルタンという男のことを覚えている。よい家柄の、りっぱな若者だった。ひとりっ子で、親を亡くし、マリオンという名の、トレヴィーゾでもとびっきり美しい娘と婚約していた。でも、このすばらしい娘は、まだ十八にもならないうちに、腹膜炎か何かで亡くなってしまった。

そのときのベルタンの絶望は計り知れなかった。家の中に閉じこもったきり、もう誰にも会おうとしなかった。昔なじみの友人たちが彼の家の扉を叩いた。「ジーノ、せめて姿を見せてくれ。きみの悲しみはよくわかる。でも、これじゃあんまりだ。きみは仲間のなかで一番陽気だったのに。みんなのムードメーカーだったのに」だが、何の応答もなかった。彼は返事もしなければ、扉を開けようともしなかった。じつに痛ましい状況だった。

信じられないかもしれないが、丸二年の間、そんな状態が続いた。ある日、旧友の二人が懇願に懇願を重ねた末に、ついに扉を開けさせることに成功した。二人は彼を抱きしめて、慰めようとした。ベルタンは骨と皮ばかりになって、髭が伸び放題に伸びていた。「ジーノ、きみは十分に苦しんだ。このままじゃいけない。もとの生活にもどるんだ」

友人たちは、ジーノを元気づけようと、彼のためにパーティーを催した。たくさんの美しい娘たちを招いた。シャンパンと音楽で気分を盛り上げた。

その晩の彼は、髭をそり、とっておきの服を着ていた。かつてのように才気煥発で、快活で、別人のようだった。

ところが、パーティーが進むうちに、彼はひとりの金髪の女性と隅に退いて、まるで恋人同士のように、ずっと話しこんでいた。

「あの金髪の娘は誰だい?」ひとりがたずねた。「さあ。ほかの町から来たにちがいない。この辺りじゃ一度も見かけたことがないから」ほかの者たちが答えた。「サンドラ・ボルトリンの友だちみたいだが」「ともかく、そっとしておこう。どうか、あの金髪娘があいつの憂さを忘れさせてくれますように」「あいつのタイプの感じがする。なあ、気づかなかったか? 目が亡くなったマリオンとそっくりだ」「たしかに。そう言われれば、よく似てるな」彼らは言った。

その晩はずっと、パーティーがお開きになるまで、二人はいっしょにいた。すでに三時を回っていた。

ジーノはその美しい娘を車で家まで送っていくことにした。外に出るや、娘は身震いした。風が出ていた。「これを着てください」そう言うと、彼は、自分のプルオーバーを彼女の肩に着せかけた。

「家はどこですか、お嬢さん?」「あっちのほう」彼女は指さしながら答えた。「で、通りの名前は?」「いいから、いいから。ここで止めてって言うわ。たぶん家族はまだ起きて待っているし、いっしょにいるところを見られたくないの」

車は、ひとけのない道を進んでいった。町外れまでやってきた。

「ほら、ここよ。着いたわ」やがて娘は言った。「いえ、あなたはそのまま乗ってらして。どうもありがとう。さようなら」

「あなたの住所は？　電話番号は？　また会えますよね？」

車を降りた彼女はほほえんだ。「ええ、プルオーバーも返さないといけないし！」手を振って別れのあいさつをすると、角のむこうに消えていった。

いくぶんあっけにとられながら、彼はふたたび車を発進させ、家に向かった。そのとき、ふと奇妙な疑念がわきおこった。「いったいあそこは？　どこだったんだろう？」

彼は引き返し、車を止めた場所までもどると、彼女が消えていった角を曲がった。暗闇の中を道が続いていた。何も見えなかった。車のヘッドライトを点けた。道の突き当りに柵が見えた。

近づいてみた。鉄柵の棒に、彼のプルオーバーがかかっていた。そこは、マリオンが葬られた墓地だった。

（1）ボッチェ――球を投げて目的球に近づけることを競う、ローンボウルズに似た球技。

消耗
Il logorio

すてきな一日が始まろうとしている。

ブラインドの隙間から陽射しとおぼしき光が見えている。私は弁護士、私は画家、私は会計係、あるいはそういう類のもの、要するに、私は誰かだ。

一日が始まろうとしているとき、私は元気だ。眠りから覚めながら、私は優雅に右腕を伸ばした。朝、私たちを仕事に、のろわしい職場に急きたて、駆りたてる精神的圧迫を気にかけることもなく。

だが、腕を伸ばしきらないうちに、何かが鳴っているのが聞こえた。

玄関のベルだ。

一回目はふつうの長さ。二回目はもっと長くて、怒っているような音だった。おそらく書留か、電報か、あるいは電力公社の検針員だ（そのとき私は、届け物をもって一生走りまわる郵便屋や配達員や店員の憂鬱を思った。だが、私たちは彼らの名前すら知らないのだ）。

誰だろう？　自問する。予期せず玄関のベルが鳴れば、思わずそう自問するものだろう。だが正直に言って、どうしてこんなに朝早くにやってくるのか理解できなかった。

なんにせよ、ともかく。

八時を回ったばかりだった。前日にタバコを吸いすぎたみたいに、喉がいがらっぽかった。ドアを開けに行くと、黒い大きな革の鞄を肩から吊るした男が立っていた。さっきのいやらしいベルはイタリア語で鳴っていた。ドゥリン、ドゥリンと鳴っていた。だから、すぐにぴんと来た。

その瞬間、私のなかの大いなる安らぎは失われてしまった。私はすでに、ナイアガラの滝のごとく、すさまじい勢いで落ちてゆく周囲の世界の獰猛なかぎ爪に捕らえられていた。

またしても、流れに引きずられていくのだ。私の周囲で、右からも左からも、この世の出来事が、生起する物ごとが足早に駆け抜けてゆく。

じっさい、日々、どれほどの出来事が起きることか。ケープ・カナベラルから小型の人工衛星が打ち上げられる、前科者が民家の屋根から飛び降りようとする、中古ピアノ売ります、ミグ戦闘機が低空飛行する。

八時きっかりにやってくるのは、まず電気やら、ガスやら、そういった類の検針員だ。

玄関のドアマットの上に朝刊が置かれている。管理人がわざわざ夜が開ける前にドアの下から差し入れておいてくれたのだ。

検針員の制服は擦り切れていたものの、こざっぱりしていた。

彼はかすめるように私のそばをすたすたと通り過ぎていった。ソビエトが南ベトナムに対する新しい戦略を打ち立てる、祖父の二連発銃で遊んでいた少年が従妹を殺す、車に仕掛けられた爆弾で乗っていた二人の男が吹き飛ばされる、ストで二十万人の乗客が足止めを食う。

台所の窓から、雪をかぶり陽射しを浴びた遠くの白い山並みにちらりと目を遣ったとき、きっと今日は、少なくとも楽しい、よい一日になると思った。

検針員は家の中に入り、メーターボックスを開け、覗きこみ、記録し、私にあいさつした。若いミラノの婦人がボリアスコで暴漢に襲われる、ジェノヴァで刑事が斧で襲撃される、ファッションモデルがコールガールの組織を作ったかどで有罪判決を受ける。電気の検針員は帰っていった。外では、サイレンの音が鳴り響き、耳をつんざき、消えていった。消防車か、救急車か、それともパトカーか？　火事か、流血事件か、それとも犯罪か？　そのすぐあとに、また別のサイレンが鳴り響いた。

髭剃り用の剃刀がもう切れなくなっていた。新しいのを買うのを忘れていた。浴室の天井に、湿気でできた染みがあるのに気づいた。塗装業者への支払いがまだだったのを思い出した。上の階の住人がラジオをつけてミルヴァの歌を大音量で流しはじめた。クレール・ベバウィ[1]が二通の謎めいた手紙を裁判所に提出する、父親と三人の息子が瓦礫の下敷きになる。シャツに袖を通したとき、襟のボタンがとれた（例によって超強力な洗剤のせいで糸が傷んでしまったのだ）。南ベトナムの駐留部隊がゲリラに襲撃される。

レプッブリカ広場の大きな交差点で、渋滞に巻きこまれた。右を見ても左を見ても、みなハンドルを握ったまま動かない。そして呆けたような表情をうかべて同じ方向に顔を向けていた。情緒不安定な男が妻と息子を傷つけて自殺する、砂糖税が上がる見込み。やがてドライバーたちは、腹立ちまぎれに、意味もなく一斉にクラクションを鳴らしはじめた。

陽が差しこまない私のオフィスから、陽が差しこまない向かいのガラス張りのオフィスが見えていた。二階、三階、四階、どの階でも、デスクに向かった男や女が書類を手に取ったり、紙に何か書きつけたり、電話の受話器を耳に当てて口をパクパクさせたりしていた。それから受話器を置き、また受話器を取り、耳に当て、口をパクパクさせていた。この動作をくり返すうちに、男も女も、その鼻には不安の色が浮かび、額には皺が寄り、上唇はみるみる重たげになっていった。そう、私自身もデスクに向かい、書類を手に取り、紙に書きつけ、受話器を取ったりしていた。知らず知らずのうちに、私の鼻も、額も、上唇も、何もかもが不安の色を帯びていく。

だが、立ち上がった私は、通りを行き来する人々の姿も目にした。みな息を切らせながら何かを探し求めているかのように見えた。一体何を探しているのか？　ひょっとすると会計補佐が、証券アナリストが、課長が、データ処理センターのセンター長が、宣伝広告課長が、工場長が、販売課長が、今すぐ転職先を求めているのか？　ひょっとすると倉庫係が、オフセット印刷の印刷工が、熟練の電気技術者が、企業家が、化学者が、織工が新しい職を求めているのか？　婦人服の縫製主任が、会計士が、女会計士が、女性秘書が、速記タイピストが、二十歳の、二十七歳の、二十八歳の女性翻訳者が、転職先を求めているのか？

私は、自分を呼びつけた非常に重要な人物の前に座っている。私は言う。「社長、じつは……」電話が鳴り、彼は電話に出た。電話が終わると私は言った。「社長、じつは申し……」私は「申し上げたいことがあるのですが」と言いかけたが、しまいまで言えなかった。電話が鳴った。彼は電話に出た。電話が終わると、私は言った。「社長、じつは申し上げたいことがあるのですが、二年前に……」電話がけたたましく鳴った。彼は電話に出た。中国のミグ戦闘機との衝突事故、アメリカ兵が背中を刺される、カラスの公演チケットが五万リラ、ソクラーテ・デ・ガブリバルディス氏、会計士、教授、騎士勲章受勲者、功労勲章受勲者、下院議員、大十字騎士勲章受勲者、上院議員、伯爵が、長患いの末に、愛する者たちに見守られながらあの世に旅立つ、コルヴェット地区で日当たり良好な半地階が売り出し中。私は電話をかけようとした。だが、話し中だった。ミネソタの新聞社で七億の強奪事件、いら立つミラン、チームは絶不調、嫉妬にかられた職人が就寝中の妻を絞め殺す。私はふたたび電話する。だが、ずーっと話し中。

帰宅しようと会社を出たとき、通りの角に駐めてあった私の車には、駐車違反の紙が一面べたべた貼られていて、まるで「幸運の星」(2)を売っている小男のようだった。ジョンソン大統領は決定を支持、サラガト大統領は国家の責務であることを明言、ハンマーを持った強盗が貴金属店に押し入る、新品同様の中古のガムボール自動販売機が売り出し中、ボンベイで法王が使用した車が競売にかけられる、社会党員たちの困惑、フランスのカトリック教徒たちの動揺。だが、家に帰るまでの長い道のり、大きなトラックがずっと私の車の前をふさいでいた。

家では、マリーアが「コカ・コーラを取ってきてくれない？」とわざわざ私に頼む。私は腰を上げる。だが台所に行くと、冷蔵庫の前に長い列ができていた。私は家の主人なのに、列の最後尾に並ばなければならなかった。数人の女がくすくす笑っていた。配給の総責任者である係官が時間をかけて書類をチェックしてから冷蔵庫の扉を開けるたびに、まだコーラは残っているだろうかとすばやく視線を走らせる。列に並んでいたでっぷりと太った男性が急に気分が悪くなる。私ともうひとりが介抱し、新鮮な空気を吸わせようと、男性を窓辺に引きずっていった。おかげで、私たちは列の後ろに並び直さなければならなかった。そうこうするうちに、雨が降ってきた。レインコートと傘は、むこうの寝室の洋服ダンスにあった。寒かった。ロロブリージダが所有する宝石が国税当局によって差し押さえられる、六歳の子どもが誘拐され殺害される、恋人に捨てられた男が相手を殺したあとで自分の胸にナイフを突き立てる。外で、パトカーのサイレンが通りすぎた。すぐあとに、消防車のサイレン、そのまたすぐあとには、至高の聖体を運んでいく司祭の鈴のディリン、ディリンという音が過ぎていった。クレール・ベバウィの年齢が暴露され、彼女は赤恥をかく。

夜も遅い時間に、電話が鳴った。間違い電話だった。また電話が鳴った。古い友人のセルジョだった。夜になって気分が落ちこみ、おしゃべり相手を求めていたのだ。電話が終わったときには、私はくたくたで、寝室に向かった。

前に進むことができなかった。駐車可能区域や禁止区域で、自動車が三層に積み重なって、廊下の両側に高い壁を形作っていた。そこから金属的な振動が響いてきた。自動車たちも、罰金を食らい、裁判にかけられ、運びさられ、破壊されることを怖れて震えているのだった。フィデル・カストロに対する陰謀が失敗に終わる、家族四人を毒殺したギリシャ人の女が銃殺される、男が電動のこぎりで自分の首を切り落として自殺する、四十歳の企業家が、婦人用洋品店の共同経営者である、年の頃二十五から二十八歳の美人のコルセット販売員と結婚するとのこと、一連の地鳴りに町は不安に陥る。

（1）クレール・ベバウィ——一九六四年にローマのヴェネト通りで起きた殺人事件の被疑者。当時「『甘い生活』殺人事件」と呼ばれて、その裁判は世間の注目を浴びた。

（2）幸運の星（I pianeti della fortuna）——九×十二センチの紙に未来の占いやラッキーナンバーが記された一種のおみくじ。二十世紀の中頃まで見られた。

交通事故

Incidenti stradali

「先生、教えてよ。柵のむこうには何があるの？」

「柵のむこうにはね、知らないほうがいいものがあるんだよ」

「じゃあ、角のむこうには何があるの？」

「角のむこうには残念なものがあるんだ。次から次へ、数珠つなぎに列を作って、待っているんだ。誰かが通りかかるのを。さて、きみたちのなかに、あそこを通りたい者がいるかね？」

「それじゃあ、生垣のむこうには何があるの？」

「生垣のむこうには道があるんだ。石ころと埃だらけの道がね。埃と石ころの道か、それともタールやアスファルトでできていて、法律で定められているとおりに信号機が設置された道路かもしれない。道の両側には車止めの石柱があって、旅人に、『ほら、二十メートルほど過ぎた。さらに二十メートル』といった具合に教えてくれるんだ。日差しに焼かれる埃と砂利とアスファルトの道。それがどこまでも続いているんだよ。道は飛ぶように進んでいく。山を越え、森を越え、そのむこうに消えてゆく。一体どこに連れていってくれるんだろうね？」

「ねえ、先生、ぼくたちに、長い道路のお話を聞かせてよ。先生はどれだけたくさんの道を見てきたの？　どれだけたくさんの人が埃と砂利とタールの上を歩いたの？　そんなに急いで、どこに向かって走っていったの？　どこに行ったの？　ねえ、聞かせてよ」

「それじゃ、不運な追い越しの話をしてあげよう。一台のセイチェントが、道に止まった馬車を追い越そうとした。そのとき、反対側からは、トラックがやってくるところだった。何が起きたのかはっきりとはわからない。車には五人が乗っていた。みな三十代から四十代くらいだったらしい。そのうちのひとりは、長い髪を肩まで垂らした素晴らしい金髪美人だったそうだ。で、車は、トラックのほうはうまくやり過ごした。でも、すれちがおうとする瞬間に、急いで右側にもどろうとして、リアバンパーが馬車の車輪に接触してしまったんだ。ほんのちょっとかすっただけだった。でも、知ってのとおり、あの手の車はとても軽いからね。それに、もしかしたらアスファルトもぬれていたのかもしれない。要するに、車は左右に横滑りしはじめた。でも、危険な状況では全然なかった。トラックが通り過ぎたあとに走ってくる車はいなかったし、道路は完全に空っぽだったから。ハンドルさばきを誤ったのか？　ブレーキをかけたのか？　それは誰にもわからない。無事に止まりかけていた車は、きっと穴にはまったか、出っ張りに乗り上げてしまったんだ。そして横滑りし、横転した。だが、大破することもなく、誰も大怪我をすることがないくらい、ゆっくり、ゆっくりと。だけど、こういうことは、どういう結末を迎えるか、誰にもわからないものだ。横転した際に、何かが起こったにちがいない。というのも、ガソリンタンクが爆発し、車全体が燃え上がってしまったんだ。車の中の五人は叫びだした。ドアを開けようとしたが、びくともしなかった。馬車に乗っていた農夫たちが駆けつけた。トラックの運転手たちも駆けつけた。さらに別のトラックの運転手たちも。冬だった。夕闇が迫っていた。だが、誰が炎に近づけるだろう？　トラックの運転手のひとりが、顔を毛布で覆って、二度試したが、手を火傷しただけだった。車の中の五人は生きていた。生きていた。若くて、無傷で、生きていた。こんなふうにネズミのように馬鹿げた死に方をしなければならないのだと考えただけで、気が狂いそうだった。『助けてくれ、助けてくれ！』彼らは叫んだ。『開けてくれ！　急いで、早く引っ張り出してくれ！』馬車の農夫たちとトラックの運転手たちは何とかしようとした。だが、近づくことさえできなかった。五人の服が黒焦げになってゆくのが、金髪が麦わらのように燃え上がるのが見えた。『開けてくれ！　卑怯者！』彼らは叫んでいた。『おれたちをこのまま死なせるつもりか、人でなしどもめ！』トラックの運転手のひとりは私の知り合いだった。彼はこう語った。おれは戦争を三度経験した。それまで散々地獄を見てきた。だけど、あの時ほど恐ろしいものは見たことがなかった。車の中で、五人の若者が世界を呪いながら、身もだえして死んでいこうとしていたあの時ほど。『卑怯者！　人でなし！』なかでも女が大声で叫んでいた。『癌になって死んじまえ！　おまえの子どもたちもくたばっちまえ！』それから、言葉は叫び声に変わり、叫び声はあえぎ声になり、それも聞こえなくなった。あっという間の出来事だった。骨も、ナンバープレートも焼けてしまった。結局、五人の身元はわからずじまいだった。けれども、その運転手はこう言った。『やがて――車はまだ炎に包まれていたんだが――

周囲の野原から、まるでバレリーナみたいな恰好の黒ずくめの連中が六、七人現れた。そいつらには長い尻尾があった（運転手はそう言った）。そして炎の中を通り抜けると、怪物たちの体から、すでに怪物になり果てていた五人の体から、魂を引っ張り出した。その黒い連中は悪魔で、五人を地獄に連れていくためにやってきたんだ』でも、この最後のほうの話ははたして真実かどうかはわからない」

「先生、大きな道路のお話はとってもすてきだよ。ねえ、お願いだから、もっとお話を聞かせてよ」

「よろしい。では、若者たちの話をしよう。アメリカの話だ。ある五月の夜の、いや、この前の五月の話だ。男の子三人に、女の子二人の、ぜんぶで五人の学生が車に乗っていた。運転していたのはダニーロという学生だったが、ほかの者たちの名前はわからない。さて、このダニーロは裕福な実業家の息子で、とてもハンサムな若者だった。学校ではいつもクラスで一番で、スポーツ競技でもいつも勝った。まるで小さき神のようだった。だから、ほかの男の子たちは彼を憎んでいた。その夜、彼らはただ若さにまかせて車を飛ばしていた。おそらくセックスを楽しみに行くところだったのだろう。二人の女の子ははすっぱ娘で、何をやらかすかわからないようなタイプだった。そのうち、ひとりがダニーロにこう言った。『ねえ、あんた。むこうからやってくる車に向かっていって、ぎりぎりのところでよけられる？　あたしたち、それを鳩ゲームって呼んでるの。道にいる鳩も轢かれそうに見えて、ぎりぎりのところで飛び立つでしょ？　あんた、同じようにできる？』

『まず最初に、ぼくは〝あんた〟なんて名前じゃない』ダニーロは答えて言った。『それから、きみの言うそのゲームだけど、ぼくならうまくやれる。だけど、やろうとは思わない。人は、自分がしようとしていることはわかっても、自分に向かってくるやつの頭の中はわからないからな。ひょっとしたら、そいつもぎりぎりのところで同じ方向によけようとするかもしれない。そしたら、不愉快なことになる』『できるのにやろうとしないのは、できないのと同じことさ』男の子たちのひとりが言った。『そうとも、こいつは度胸のあるやつじゃないとできないことさ』もうひとりが言った。要するに、彼らはダニーロをバカにし、しかも、何キロにもわたって、ちくりちくりとやり続けた。とうとうダニーロは堪忍袋の緒が切れて、言った。『いいだろう、きみたち、よく聞け。あの、前からやってくる二つのライトが見えるか？　青いところを見ると、最新型のコンチネンタルにちがいない。ひどく頑丈な代物だ。ぼくは今からあれに向かって走る。そして、いいか、まさにぶつかる瞬間も、ぼくはよけない。全速力でつっこんでいく。そして、どうなるか見ようじゃないか。ぼくの考えをおわかりいただけたかね？』『あんたって、大口ばかり叩いて』イエイエスタイルの女の子のひとりが答えた。『まったく笑っちゃうわ。あんたには絶対、そんなことはできっこないわ』『ふん、そうかな？』その間も、二つの青いライトは猛スピードで近づいていた。もう、二、三百メートルもなかった。『ふん、そうかな？』ハンサムなダニーロはもう一度言った。最後の瞬間になって、まさに最後の最後の瞬間になってようやく、四人の同乗者たちは、恐ろしい冗談を理解し、悲鳴を上げはじめた。青いライトの車では、三人の死者が出た。学生たちが乗った車では、助かったのはひとりだけだった。その若者があとでこの話を語ったのだ」

「ああ、先生の、大きな道路のお話にはすごくワクワクする。ねえ、まだ時間はあるよ。どうか、もうひとつお話を聞かせてよ」

「いいだろう。では、母の愛の話をしてあげよう。あるところに年老いた母親がいた。いや、今でもいる。彼女は息子がロシアから帰ってくるのを、二十年以上も待っている。息子は、大撤退のときに行方不明になったんだ。捕虜になったという者もいた。だが、確かなことはわからなかった。でも、きみたちも、母の想いというものがどれだけ深いか知っているだろう。それにくらべれば、山をもぶち抜くようなブルドーザーもちっぽけな蟻のようなものだ。さて、二十年が経っても、その老母は待っていた。彼女は町の郊外の、北から伸びる大きな道路に面した場所に住んでいたので、一日中、窓から外をのぞいて、北からやってくる車やトラックを眺めていた。それらの車に息子が乗っているかもしれないと思って。地平線のむこうから車が現れて近づいてくるたびに、彼女の心臓はドキドキしはじめた。車は次々通り過ぎていくから、心臓は鳴りっぱなしだった。いっときの安らぎを得ることもなかった。じつに痛ましいことだったが、彼女にとっては唯一の生きる希望でもあった。ところで、彼女が暮らしている十階建ての大きな建物の、ちょうど真下には、恐ろしい衝突事故が頻発する悪名高い交差点があった。ルールを無視した運転のせいか、信号機の設置の仕方に問題があったのか、はたまた、神秘的な呪いが作用して信号機も警官も取り締まりも役に立たない、いわゆる魔の交差点だったのか、恐ろしい衝突事故が起こらない日は一日とてなかった。老婦人は窓辺で、それを見ている。もし二つの車のどちらかにロシアから帰ってきた息子が乗っていたら？　彼女は心臓が口から飛び出しそうになりながら駆けおりて、道路に出ると、走り寄って死者と怪我人を確かめる。そして毎回、胸をなでおろす。事故を起こした車に乗っていたのは息子ではなかったのだ。ありがたや！　老婦人は十字を切り、晴れやかな顔でまわりを見る。『神が祝福されますように、神が感謝されますように』彼女が幸せを感じる瞬間だ。今回もまた、奇跡のように、自分の息子は助かったのだ。もちろん人々は、この女は頭がおかしいと考えている」

「ありがとう、先生。この話もすごくよかった。でも、まだ時間があるよ。ねえ、お願いだから、大きな道路にまつわる小さなお話をもうひとつ聞かせてよ」

「いいだろう。では、オオカミの話をしてあげよう。こんな話だ。黒い森があった。森の中には道が通っていた。そして森の中にはオオカミたちが棲んでいた。オオカミたちはいつも腹ぺこだった。お腹をすかせてさえいなければ、善良で、おとなしかっただろうに。けれども、空っ腹を抱えた彼らは、暗がりに、木々の陰に身を潜めて、待ち伏せている。いつの日か、皇帝が通りかかるはずだから。オオカミたちは皇帝を襲うつもりなんだ。皇帝はたくさんの馬を連れ、幟を立てて旅をする。皇帝の馬車は黄金でできている。ラッパ手がラッパを吹き鳴らしながら走り、食料を載せた馬車があとに続く。肉、ホロホロ鳥、モデナのモルタデッラ、オーステンデの牡蠣、ケーキ、ありとあらゆるお菓子を積んだ馬車が……」

ブーメラン

Boomerang

緊張の日々が続いたのち、ジック将軍率いるラドージャの臨時政府は、ヘマンガ大虐殺の責任の所在を明らかにするために国際調査委員会を設置するというアメリカの提案を受け入れた。緊急招集された最高軍事評議会を締めくくるにあたって、アメリカ合衆国大統領は緊張緩和の宣言を行い、平和構築のために、ラドージャにはアメリカ軍を一切派遣しないことを保証した。東南アジアにおける情勢は、こうして落ち着いたかのように見えた。

最高機密。領土というチェス盤の支配を確実なものにするために、大統領の命を受けて、ペンタゴンは、「長い目作戦」と名づけられた、高高度偵察機U99によるラドージャ領空内への偵察飛行計画を進めた。U99は、軍事行動の準備や兵力の結集の有無を見定める目的で、アナトリア半島にある米軍基地から出発し、ラドージャ北部の上空を飛び、中国との国境地帯にまで進むことになっていた。

「長い目作戦」の重要性に鑑み、戦略的偵察任務の第一人者とされているフレッド・G・レノックス・サイモン将軍がトルコに派遣された。

作戦にはおそらく将軍自身が参加して、広範囲の偵察飛行の指揮を取ることになるだろう。外国の関係者たちから真の目的を容易に推測されないためには、偽名を用い、妻を同伴し、観光客のふりをしてお忍びでトルコに入るのが最善の方法と考えられた。

そこでレノックス・サイモン将軍は、エドゥアルド・L・シャルハイム名義のパスポートを使い、ツアー客を装ってイラン、パキスタン、インド、日本をめぐったのちに、トルコに向かうことにした。

帰国の途上でトルコに立ち寄るだけなら、少なくとも公式には人目を引かずにすむだろう。

カラチのインターコンチネンタルホテルのロビーで、イスタンブール行きの飛行機が出発する空港に向かう車を待つ間、レノックス・サイモン将軍は、ひげを長く伸ばしていたにもかかわらず、かつてワシントンのトルコ大使館付きの武官だったゲシャリー大佐にその正体を見破られてしまった。実際のところ、将軍は偽名の効力などあまり当てにはしていなかったのだが、ばれてしまった以上、トルコに到着してからは、方々からの、しきたりにのっとった招待を免れるのは不可能だった。

そのなかにはトルコの首相もいて、将軍はアンカラの近くの別荘に招かれた。

レノックス・サイモン将軍と首相はすっかり意気投合し、アメリカ人の将軍は、この機会を利用した。将軍の弟で、ウィスコンシン州ミラビリス大学の教員をしているアルファ・レノックス・サイモンが計画した考古学調査にトルコ政府が許可を与えることを強く求めたのだ（じつは、その地域に天然痘が流行しているという理由で、申請は一度却下されていた）。首相は許可を約束してくれた。

吉報を受け取るや、考古学者アルファ・レノックス・サイモンは、さっそく、すでにある程度進められていた、調査旅行のための準備を急がせた。

さて、この準備作業の最中、トラックに載せられようとしていた科学機器の重たい箱が、ミラビリス大学の考古学研究所の入り口の短い大階段から滑り落ちた。箱を押しとどめようとしたステフィー・ドラモンド教授は――考古学者アルファ・レノックス・サイモンの右腕であるが――悪い具合に転んでしまい、脛骨を骨折してしまった。

出発できなくなったドラモンド教授のかわりに、ジョナサン・G・デスカルソ教授が選ばれた。彼は、同じ学部の助手を務める妻のレノーアも連れていくことにした。

デスカルソ教授の母親マリーア・パトゥルツィ夫人は、息子が長期間留守にするこの機会に、カラブリア海岸で小さなホテルを経営する兄のカルミネに会うためにイタリアに行くという長年の計画を実行に移すことにした。

思いがけぬ妹の訪問に、カルミネ・パトゥルツィは、彼のホテルに友人や土地の名士たちを招いて祝いの宴をもうけた。

招待客の中に、その地区の嘱託医をしていたマリオ・ルマーニ医師がいた。教養もあり気のよい人物だったが、少々酒を飲み過ぎるのが玉に瑕だった。

ルマーニ医師は厳しい断酒を自分に課し、もう半年以上もアルコールを遠ざけることに成功していた。けれども、たまたまパトゥルツィ家で直面することになった誘惑に抵抗することができなかった。夜中の二時頃、みなにいとまごいを告げたときには、すっかり酔いがまわっていた。ルマーニ医師は自分で古いミッレチェント[1]を運転し、アマンテア街道を走り、それから海の近くにある自分の家に通じる狭い枝道に入った。そのとき、ヘッドライトの光が何か白っぽいものを照らし出したのを、一瞬見た。

たぶん紙切れだろうと思った彼は、ハンドルを切らずにそのまま走りつづけた。だが、車が軽くバウンドしたので、紙切れではなかったことに気づいた。

深酒のせいで、足元も頭の働きもおぼつかなかったが、ルマーニ医師は車を止めて、確かめに降りた。

道路の上で、小さな雑種犬が、断末魔の苦しみのなかで、まだ体をぴくぴく震わせていた。

自分自身に悪態をつきながら、ルマーニ医師はふたたび車に乗って、帰宅した。

息絶えた犬は、夜の闇の中で、舗装されていない道路の右端に横たわっていた。

その夜はもう、誰もその道を通りかからなかった。犬を目にとめる者はひとりもいなかった。

ところが……。

ところが、朝の七時に、ペーテル・ホボックという名のハンガリー人画家が——彼は小さな船で困難な単独航海を何度も成し遂げたことから「画家のコン・ティキ」とも呼ばれていた——この海岸に上陸し、岸辺の大きな岩にロープで船をもやった。

小さな流れを見つけた彼は、水を求めて険しい崖を登った。

ルマーニ医師の家に通じる道路の縁に出ると、目の前に小さな犬の亡骸があった。痛ましく哀れなその表情に、画家は心を深く揺さぶられ、立ち止まって、筆を取り出して絵に描いた。

絵を描くことに熱中するあまり、彼は西のほうから迫りくる嵐の黒雲に気づかなかった。

突然、強い風がカラブリアの西海岸を襲い、ホボックの船を岩に叩きつけ、船は損傷した。

船旅を続けることができなくなった画家は、カルミネ・パトゥルツィのホテルにしばらく身を寄せた。

そこで、まだ魅力的なデスカルソ夫人に出会った。二人は共鳴し合い、夫人の肖像画を描き上げたホボックは、人生ではじめて結婚を考えた。

夫を亡くして独り身だったマリーア・デスカルソ・パトゥルツィは、結婚を申しこまれて有頂天になるが、ことを決める前に、アナトリアに滞在中の息子のジョナサンに手紙を書いて意見を訊くことにした。

母親の、気まぐれで、衝動的で、移り気な性格をよく知っているデスカルソ教授は、彼のボスである考古学者のレノックス・サイモンに、イタリアに行くための短い休暇を願い出た。

レノックス・サイモンの許可を得たデスカルソは、夕方近くにジープで発掘現場を出発した。夜明けまでに、百八十キロ以上離れたアンカラに着くことを期待していた。ジープは空港に置いて、イタリアからもどったときにまた使うつもりだった。

デスカルソは三十分ばかりジープを走らせたが、まだ十七キロも進まぬうちに、通行止めにでくわした。ちょうどその頃、禁じられた領域での長い偵察飛行を終えて帰還の途上にあったU99の一機が、予備の燃料タンクを放出した。

高度二万三千メートルの距離から落下した空のタンクは、ジープのボンネットの上に落ち、覆いを突き破り、キャブレーターを損傷させた。

故障を修理することもままならず、近くに集落もなかったので、デスカルソは車を捨てて、発掘隊のキャンプに向かって徒歩で引き返しはじめた。三、四時間で仲間のところにもどれると考えていた。

三時間後、ようやくデスカルソはキャンプに到着した。時刻が時刻だけに――一時四十五分だった――テントのひとつにまだ明かりが灯っていることに、彼は驚いた。

漠然とした疑念を抱きつつ、引き寄せられるように、忍び足で近づいた。明かりのついたテントまで来ると、奇妙な声が聞こえてきた。

勢いよくテントの垂れ幕をめくり上げると、調査隊長のレノックス・サイモンと自分の妻が仲睦まじく抱き合っていた。デスカルソはポケットから拳銃を取り出し、考古学者を撃ち殺した。

政府の機関を通して広まった殺人事件のニュースは、ラジオによって、予定された戦略的偵察任務のために禁じられた領域の二万四千メートル上空を飛行中の、犠牲者の兄の耳にも届いた。

その知らせに動揺したフレッド・G・レノックス・サイモン将軍は、帰路を縮めることにし、通常取るべき慎重なルートではなく、中国の領空を大きく横切る形で近道した。

中国の戦闘機のサッカ二機がこれに気づき、将軍が乗る飛行機を追跡し、強制着陸させた。将軍は捕虜となった。

事件は激しい憤りを巻き起こし、北京の政府は公式に抗議をした。

共産主義者のスパイに扇動された、ジックス将軍を支持するジックス党の党員たちが、首都カホにおいて反アメリカの激しいデモを行った。

アメリカ公使館はデモ隊に包囲された。パニックに襲われた、公使館のテレタイピストが機関銃を発砲し、男性六名と女性一名を射殺した。

群衆は激怒し、アメリカ公使館を襲撃。館内に押し入って、なかにいる者を手当たり次第に殺害した。

同じ頃、興奮した別の群衆の一団がカホ在住のアメリカ市民を襲った。

六十人のアメリカ人が犠牲となり、三百人が負傷した。合衆国大統領は、新たな虐殺を防ぐために、「戦略上の要衝」に配置転換された軍に、ラドージャに介入することを命じた。

一方、中国政府は、「志願兵」からなる大部隊の派遣を通告した。

戦闘は、アメリカに支持された政府軍と中国に支持された反乱軍の間で、ラドージャの国境で戦われた。

合衆国大統領は、「作戦九〇〇〇」の実行を検討していることを公表した。作戦九〇〇〇は、核ミサイルの使用を許容する作戦行動であった。

その間、反乱軍のマークをつけているものの、明らかに中国籍の戦闘機一機がアメリカの支配下にあるヘメレ航空基地に核爆弾を投下した。その爆弾は欠陥品だったにもかかわらず、八十五人の死者と約四百人の負傷者を出した。

その報復として、目標に定められた場所で、五つのアメリカの熱核爆弾が炸裂した。

こうして一匹の野良犬が原因となって、最初の核による世界大戦が勃発したのである。

(1) ミッレチェント——イタリアのフィアット社が一九六〇年代まで製造した排気量千百CCの小型のファミリーカー。

現代の怪物たち

Moderni mostri

かつて、スフィンクスや、ヒッポグリフ、[1]エキドナ、[2]カリュードンの猪、[3]トリトン、[4]ババウ、ガット・マンモーネ、[5]バジリスク[6]などが存在した。だが、今はもう存在しない。とはいえ今日でも、ときとして非常に奇妙で不可思議な現象に出くわすことがある。たとえば……

巨大なノウサギ

それは、昨年の秋に、ベッルーノ県のアルパーゴ北部で目撃されたらしい。驚きを呼び起こしたのは、その大きさではなく——というのも、見たところ、その体長は一メートル五十センチを超えてはいなかったそうだから——後ろ脚で立って直立の姿勢を保つことのできる能力だった。そしてなにより、その巨大なノウサギが小さな二連銃を腕に抱えていたという事実である。獣に遭遇したのは三人の猟師だけだが、信用できる者たちだ。驚いた彼らは発砲するのをためらった。正直なところ、彼らを咎めることはできない。だが、狩猟界の非難と憤りはすさまじく、人々は、巨大なノウサギによって示された、威嚇をともなう反抗的態度は不当であり、犯罪的でさえあるとみなした。なぜなら、そのような悪しき手本が広まって、マーモットや野生のアナウサギ、キツネ、ハリネズミ、ヤマウズラ、ウズラ、そのほかの留鳥あるいは渡り鳥たちが、単なる正当防衛の目的であれ、武装してうろつきはじめた日には、世界はひっくり返ってしまうだろうから。それに、人間の優位はどうなってしまうことか！

ボス

彼はある大きな工場の経営者だ。そこで六十年をすごした。夏も冬も、毎朝六時に起き、七時にはすでに工場にいて、夜の八時か、もっと遅くまでそこにいる。工場にも事務所にも人がいないのに、日曜日も出勤する。ただ、いつもより一時間遅く。それでも彼は、そのことを、あたかもなまけ癖であるかのように考えている。くそがつくほど真面目な男で、めったに笑わない。いや、笑ったことがない。毎年ではないものの、夏には、湖畔の別荘で一週間をすごす。いかなる種類の悪習とも無縁だ。タバコは吸わないし、コーヒーは飲まない。酒も飲まない。小説も読まない。他人の悪習にも我慢がならない。自分を重要な人物だと思っている。そう、重要だ。きわめて重要だ。重要なことを言う。重要な友人がいる。重要な電話だけする。家で彼が口にする冗談はとても重要だ。自分を必要不可欠な人間だと思っている。そう、必要不可欠だ。葬列は、故人の家から出発して、翌日の十四時三十分まで続くことだろう。

失われた天才

もしも、日々屠畜場に送られるたくさんの動物たちの中に、プラトンやレオナルド・ダ・ヴィンチやアインシュタインにも勝るとは言わないまでも、彼らに匹敵するような恐るべき知性を備えた豚や子牛がいたら、私たちにそのことを知らせ、命拾いするすべがあるだろうか？　私たちはいかにしてそれを知ることができるだろうか？　生まれたときから家畜小屋で囚われの身である彼らは、訓練や教育を受けることも、私たちの言語の基礎を学べる可能性もなかった。その機会さえあれば、もしかしたら、鼻を鳴らすか、うなり声を上げるか、何かそうした形で言葉を真似ることができるかもしれないのだが。最初は飼育、次に輸送、最後は屠殺のことしか考えていない野蛮な人間たちも、天才的な動物たちが慈悲を求めるわずかな合図に、脚を規則的に踏み鳴らす動作や、リズムのある嘆き声や嘆願のしぐさに、気づくこともない。もしも見出され、育まれさえすれば、世界を豊かにし、ひょっとしたら救うかもしれない自然の驚くべき光明は、こうして無残にも失われてしまうのだ。

社会を愛する者

彼は精神的に選ばれた人間だ。虐げられ苦しんでいる人々を愛し、決然と彼らと苦しみを分かち合う。彼は虐げられたことがない。それどころか彼は、容姿においても、健康においても、財産や社会的地位においても、幸運に恵まれていた。そのことは、もちろん、彼の長所を伸ばした。夜はなかなか寝つけない。眠りに就いても、まさにその博愛精神に駆られ、不正に苦しむ人々の悲しみに心を痛めるあまり、とつぜんはっと目が覚める。この大きな愛ゆえに、彼は激しく憎まざるをえない。彼が愛するのは、顔のない、集合的な群衆であり、彼が憎むのは、ちゃんと名前のある特定の人間たち、彼に言わせれば、自覚的であろうがなかろうが、前述の不正の共犯者だ。それは、彼の友人、近所の人々、同僚、なかでも成功を収めている同僚たちである。言うまでもなく、彼が己の感情の高貴さを自覚すればするほど、憎悪はすさまじく、有害なものになる。そしてその憎悪が、彼の日々の主要な関心、慰め、支え、人生の目的になる。これもひとえに、（そうならぬように恩寵が介入してくれないかぎり）人間を、彼ほどの愛他的で精神的に気高い人間でさえも、不可避的に邪悪に導く、いわゆる原罪のせいなのである。

魔法の石鹼

ひとりの才能ある広告業者が、新製品の石鹼の販売促進キャンペーンの立案を任された。彼は、大衆の目を引くかもしれないが、大風呂敷を広げて嘘っぽく思われるような、ありがちな誇大広告のかわりに、次のようなキャッチコピーを提案した。「X石鹼は、一万個のうちの一個が、あなたに抵抗しがたい魅力をもたらします」（そのあとに、「魔法の石鹼は、特別な小さな金色の泡がひとつ出てくるのでわかります」との説明が続いていた）なるほど。その謳い文句のまさにひかえめなところが、説得力を与えた。じっさい、人々は信じた。多くの人々の信じる思いは光のごとく輝き、広がり、金色の泡を持つほんの一握りの石鹼に向かった。そして石鹼は、本当に魔法の力を得た。

その魔法の石鹼のひとつを、たまたま、私の従姉の家でパートタイムのお手伝いをしている娘が買った。醜いというほどではないが、影の薄い、ぱっとしない娘だった。おまけに、フラミンゴを思わせる、先が細く尖った奇妙な鼻をしていた。当然のことながら、この幸運な買い物は愉快な話の種になって多くの人々の口にのぼった。狭い世界で、若い女中は一躍有名人になった。そして、じっさいに石鹼の不思議な力のせいか、それとも強力な暗示のなせるわざか、わずかひと月で、冴えない女中はとびっきり魅力的な美人に変身した。今では、パリでもっとも稼いでいるフォトモデルのひとりだ。

雲

（公共の秩序を保つ理由から、フランスではそのニュースは握り潰されたのだが）四月二十八日の夕暮れ時に、コロンベ・レ・ドゥ・ゼグリーズ(7)からほど遠くない、小高く盛り上がったジモン山（オート・マルヌ県）の上空で、ひとつの大きな雲が目撃された。その雲は、誰が見ても明らかなほど、ド・ゴール将軍の頭にそっくりな形をしていた。まさに、将軍が政治の舞台から永久に退き、かの有名な田舎の住まいに隠居した日のことだった。まもなく日が落ちたせいで、写真に撮ったり、雲の変化を観察しつづけたりすることはできなかった。また、大多数の人々は、空ではなく、地面のほうに目を向けていたので、奇妙な光景を目にとめたのは、ほんの一握りの人々だった。自己暗示が生み出した現象だと考えることもできただろう。もしも、翌日の午前十一時に、ヴォージュ山脈の南の端の支脈のひとつの上空に、ド・ゴールの頭の形をした雲がふたたび現れなければ。雲は、約十分間、完璧に顔の形を保っていた。それから崩れていった。その表情は厳かで憂いを帯びていた。だが優しかった。けっして軍人らしい厳しい顔つきではなかった。頑なな雪辱への切望も感じられなかった。そう、まるで将軍が最後にいま一度祖国を視察したがっているかのように、驚くべき水蒸気の塊は、その後もフランスの各地、たとえば、モンターニュ・デュ・ロモン（ブザンソン市）、ピュイ・ド・ドーム（クレルモン・フェラン市）、シニャル・ド・ソヴァニャック（リモージュ市）の上空で、相次いで発生した。並外れた雲は、ド・ゴールがアイルランドへ向けて出発したのちもツアーを続けた。最後に目撃されたのは、レ島とブレストの北西約八十マイルの海岸地帯だった。ここでは将軍はベレー帽をかぶり、敬礼をする手まで見られた。まるで神話へと決定的に移行する前の、最後の別れの挨拶のようだった。

（1）ヒッポグリフ――グリフォン（上半身が鷲で下半身が獅子の幻獣）と雌馬の間に生まれたとされる伝説上の生き物。
（2）エキドナ――ギリシャ神話に登場する怪物。上半身が人間の女で、下半身は蛇の形をしているとされる。
（3）カリュードンの猪――ギリシャ神話に登場する巨大な猪。
（4）トリトン――ギリシャ神話に登場する海神。上半身が人間で、下半身は魚の形をしているとされる。
（5）ガット・マンモーネ――イタリアの民間伝承に登場する巨大な化け猫。
（6）バジリスク――ヨーロッパの想像上の怪物。その姿形については、鶏の頭に蛇の胴体など諸説ある。
（7）コロンベ・レ・ドゥ・ゼグリーズ――ド・ゴールが晩年を過ごしたフランス北東部オート・マルヌ県にある小村。

気遣い

Delicatezza

ある国では、死刑は十分な気遣いをもって執行される。たとえば、こんなふうに。

判決が下されると、死刑執行の日が伝えられる前に、犯罪者は――名前をエルネスト・トロルとしよう。妻を毒殺した壁紙張り職人だ――手錠もかけられずに、刑務所の管理部に連れていかれる。

そこで、刑務所長室の座り心地のいい肘掛椅子に座らされ、タバコとコーヒーとキャンディーを勧められる。係員は出ていき、所長と死刑囚だけが残される。

所長が切り出す。

「さて、トロルさん。あなたには死刑の判決が下された。けれども、私の務めは、あなたを安心させることです。つまり、死刑といっても、それは、いわば理論上のことにすぎないということを伝えることです」

「理論上ですって？」

「そう、理論上です。なぜなら、死は現実には存在しないからです」
「存在しないとはどういうことです？」
「存在しません。つまり、制裁、懲罰、悲劇、そして恐怖と苦悩をもたらすものとしての死は。この問題に関しては、世間の人々は馬鹿げた思いこみにとらわれています。肉体的な苦痛についても脇に置いておきましょう。我々が使う装置は完璧なので、少なくとも、トロルさん、あなたの場合には問題視するにはおよびません」所長はここでかすかに愛想笑いを浮かべた。「私がいまお話ししようとしているのは、不当に怖れられている精神的な苦痛についてです。あなたにご納得いただけることを期待していますが。

ちょっと考えてみましょう。人はどうして死を怖れるのでしょう。その答えはあまりに単純です。死ねば、もう生きることができない。つまり、何かをしたり、見たり、聞いたり、そういった、生前できていたことがもはや何もできなくなるからです。それが、とてつもなく残念なのです。ですが、苦痛を感じることができるには、生きていることが『不可欠の条件』です。それゆえ、死んでいる者はもはや苦しみません。生きていた頃を懐かしみ、嘆いたり、悲しんだりすることもできません。とどのつまり、人は、死が訪れた時点でもう、死んでしまったことを嘆くことなどできないのです。そこから引き出されうる結論は、一般には大きな恐怖を呼び起こす死の否定的な側面は、馬鹿げた幻想にすぎないということです」

トロル氏が反論した。「所長さん、あなたはなかなかの雄弁家だ。でも、死のつらい点は、生前していたことができなくなることだけではありません。親しい人々を永遠に残してゆく悲しみもあります」

「なるほど！　ですが、この悲しみも、あなたはもはや感じることはできないでしょう。まさに死んでいるがゆえに」

「それに、所長さん、死んだら無になるとどうして言い切れるのでしょう？」

「その質問を待っていました。じつにもっともな反論です。まさにそこが問題の核心なのですよ」

「説明してください、所長さん」

「わかりました。二つのケースがあることは明らかです。死んだあとに、何らかの形で次の生があるか、あるいは何もないかです。単純明快ですよね。さあ、そこで仮定してみましょう。もしあなたが……」

「いや、じつのところ私は……」

「仮定の話です。単なる仮定にすぎませんよ。あなたの個人的な信念を脅かすものではありませんから。さて、トロルさん、あなたはあの世を信じていないとしましょう。この場合、もしあなたがあの世が存在することを知ったなら、あなたにとってはいいことずくめの、すばらしい驚きになるでしょう。嘆く理由はなくなるでしょう。この世に残していった人々にもう会えない悲しみは、彼らもいずれここに来るのだという確信によって、ずいぶん和らげられることでしょう。そのうえ、むこうの世界で、自分より先に亡くなっていた親族や友人たちと再会できるという慰めも得られるでしょう」

「どうか、親族のことには……」

「ああ、これは失礼……」相手が妻殺しの殺人犯であることを忘れていた所長は言った。「ともかく、ここまでは異論はないかと思います。次に、もうひとつの可能性について考えましょう。すなわち、死んだら何もないという可能性です。まさに何もないがゆえに、そしてその無はあなた自身ももはや存在しないことも意味しているがゆえに、すでに話したように、あなたは自分が死んだことを知りえる可能性はありません。つまり、死んで残念に思うこともないんです。だから、一般に信仰をもたない人たちが死を恐怖するのはほとんどナンセンスなことなのです」

「ですが、所長さん、私は死後の世界の存在についてはそれほど懐疑的というわけではありません。むしろ、私の勘では……」

「よろしい。では、あの世の存在を信じている人のケースを考えてみましょう。当然彼は、まさにそういう確信を持っているがゆえに、泰然と死に臨みます。さあ、かの有名な境界を越えるところを想像しましょう。彼は前に進み、通りすぎ、まわりを見まわして、まだ自分が存在していることに、おそらく生前とはまったく異なる形態でしょうが、存在していることに気づきます。信仰が報いられたことに、彼は慰めを感じます。そして物質的な重みからすっかり解放されて、地上で得られなかった幸せを見つけるかもしれない。

さてここで、ふたたび悲観的な仮定を取り上げましょう。あの世の存在を信じていたのに、死んだらむこうには何もなかったというケースです。ただ、その場合でも、損することはありません。無駄に騙されるわけではないのです。だって、がっかりする暇もすべもないのですから。だからトロルさん、私もあなたといっしょです。結局、信仰というものは、常に儲かる取引と言えるでしょう」

「絶対に損をすることのない賭け、ですか」

「パスカルを読まれたようですな。けっこう。ところで、ここまでの話をさらにわかりやすくするために、ひとつ実験をしませんか?」

「実験というと?」

「一種の象徴的なシミュレーションです。お芝居のようなもの、模型を使った説明と言いますか、一種のゲームですよ」

「それで、私は何をするんですか?」

所長は、インターフォンのボタンを押した。装置からしわがれた声が聞こえた。「御用は何でしょう、所長?」

「すぐにフィオレッラをよこしてくれ」

死刑囚は不安になる。「所長さん、私には知る権利があると思いますが、そのシミュレーションとやらは一体どういうものなのですか? まさか、悪ふざけじゃないでしょうね」

「悪ふざけだなんて、とんでもない。これは、あなたを安心させるのが目的なのです。さっきは、ただ言葉で説明しただけでした。言葉には言葉のよさがあります。そのことは、誰よりもこの私がよく認識しています。でも、いまから私たちがやろうとしていることは、もっと現実に即した実験です。たとえば、宇宙飛行を例に挙げましょう。ロケットで打ち上げられる前に、宇宙飛行士たちは、宇宙飛行というものを実感し、それに慣れ、環境になじむために、カプセルに閉じこめられてすごします。でも、このカプセル自体は宇宙に飛び出すわけではありませんし、何の危険もありません。あなたも同じです。もう一度申し上げますが、この実験を通して、あなたは自分が置かれている状況を正しく理解することでしょう。そして、気分がずっと楽になることを保証します。あなたはただ……。ああ、ほら、フィオレッラが来ました！」

二十歳くらいに見える娘が部屋に入ってきた。輝くばかりの、色気たっぷりの娘で、超ミニスカートをはき、胸元が大きく開いた服を身につけていた。死の影が漂う刑務所にはおよそ似つかわしくない人物だった。

「紹介は必要ないでしょう」所長は死刑囚にむかって言った。「このフィオレッラは、このささやかな劇のエキスパートです。彼女は、劇の中で、あの世を象徴しています。いや、具現化していると言えるでしょう。そして、まさにそのため、いまから一旦出ていきます……。じゃあ、またあとで。フィオレッラ」

娘は、死刑囚にむかってわざとらしい笑顔をふりまき、ウインクまでして出ていった。

所長と犯罪者はふたたび二人きりになった。

「あの世？　あの娘が？」トロル氏は、大袈裟な身振りできき返した。

所長は笑った。「ええ、そうです。そういうケースもあります……。いまご説明しましょう。しごく単純です。あそこの扉が見えますか？　あなたはあの扉を開けて、そのむこうに、隣の部屋の中に、進むだけでいいんです。さて、扉のむこうには闇があるかもしれません。その場合、闇は無を意味します。でも、あなたを待っているのはフィオレッラかもしれません……。なかなかよくできたアレゴリーだとは思いませんか？」

「でも、もし見つけたのが闇だったら、そのときは……？」

「ご心配はいりません、トロルさん。そのときは、何も見つからないわけですから、あなたは何ごともなくこの部屋にもどってくることになります。それだけです。単純でしょ？　さあ、むこうではもうすっかり準備ができていると思いますよ」

「でも、一体誰が決めるのです？　つまり、私が見るのは暗闇なのか、あの娘なのかを？　所長さん、あなたが決めるのですか？」

「それはありません。決めるのはあの娘です。フィオレッラはまったく予測のつかない子なんです。さあ、勇気を出して。試してみましょう」

死刑囚は立ち上がり、おぼつかなげな足取りで、扉に近づくと、そっとドアノブをつかみ、ゆっくりと回した。そして慎重に扉を押した。一筋の光が、ほのかな明かりが、バラ色の肌の輝きがちらりと見えた。

まさにその瞬間、部屋の壁に隠された銃眼から、腕ききの射撃手がトロル氏の首を撃ち抜いたのだった。

パーティー医者

Il medico delle feste

パーティー医者というのは、けっして楽な商売じゃない。

なにしろ、夜中の、非常識きわまりない時間に呼び出される。起き上がって、服を着て、暗い中を歩きはじめる。ひょっとすると、凍てつくような寒さかもしれない。山賊に出くわすかもしれないし、雨が降っているかもしれない。昼間、人々が働いている時間にお呼びがかかることはまずない。めったにない。

ただ一度だけ、六年前だったろうか、真っ昼間の二時に呼び出されたことがある。遠くで開かれているパーティーのために。北の、ジェノヴァ峡谷の、氷河のふもと。ひどく遠い場所だ。それは、エッサーリデ伯爵の狩猟小屋で開かれている熊撃ちの猟師たちのパーティーだった。私がバイクで到着したときには、すでに日が暮れようとしていた。一体どうしたんだね？　私はたずねた。仲間の二人が政治の話が原因で喧嘩を始め、殴り合いになったらしい。だが、喧嘩はすでに収まったそうだ。なんと愉快なことか！　こっちは、息せき切ってはるばる遠方から駆けつけたというのに、骨折り損のくたびれ儲けとは。「まあ、無駄足を踏ませてしまいましたが、どうか怒らないでください、先生。どうぞ私たちといっしょに食事を楽しんでいってください」とエッサーリデは言った。そこで、猟師に好感を抱いたことなど一度もなかったが（殺し屋なんぞを誰が好きになれるだろう？）、誘いを受けることにした。

さいわい、私たちが食卓に就くや、例の二人がふたたび口論を始めた。そして、今回はほかの者たちも割って入り、あっという間に手がつけられない状況になった。エッサーリデ伯爵はすがりつくような目で私を見た。「先生、あなたの出番です。この窮地から私を救ってください」その目はそう言っていた。そのとき、私の頭の中ですばらしいアイデアがひらめいた（大学ではそのような対処法はけっして学ばなかったが）。私は、「火事だ！　火事だ！　みんな逃げろ！」と叫びはじめた。同時に、本当らしく見せるために、狩猟小屋に火をつけた。小屋は一時間もしないうちに全焼し、十九人（全員猟師だ）が焼け死んだ。主人である伯爵は大満足だった。たっぷり保険をかけてあったのだ。

だが、通常、私たちパーティー医者が働くのは夜間だ。深夜まで、日が昇るまで仕事をする。強力なバイクで闇の中を駆けまわる。（なぜだかわからないが）車を使うパーティー医者はいない。あるとき私は、ドゥルージ家の邸宅に、社会的な成功を望んでいる、若くて美しい夫婦に呼び出された。彼らは不慣れからくる間違いを犯してしまった。はじめて開くパーティーに華を添えようとして、町の名士中の名士たちを、つまり、自分たちよりはるかに格上の上流階級の大物たちを招いたのだ。当然ながら、そのライオンやトラのような連中は、若さに加えて、美貌という許しがたい罪を犯しているカップルを見下した。要するに、二人を、宴や音楽や贈り物や貴重なワインをタダで提供してくれるだけの存在としてしか見なかったのだ。依頼人のドゥルージ弁護士は、風に髪をかき乱されながら、戸口で私を待っていた。私は言った。「電話の様子からすでに状況については察しがついています。医者としての勘というやつです。さあ、元気を出して。いまから来る人たちをごらんなさい」はたして、私のすぐあとから、従者たちをしたがえ、旗を掲げた豪華な夜行バスが到着し、中から、王や王妃、王子や王女、歌手、超一流のサッカー選手が降りてきた。私の仕事料が時として非常に高くつくのはこういうわけだ。こうして、威張りくさっていた中のお偉方たちは、新参者たちの前にひれ伏すことになった。そしてパーティーは、大いに盛り上がりながら進んでいった。

また、別のある日には、夜中の一時頃に、古い友人で、芸術家たちのパトロンであるジョルジョ・カリファーノに呼び出された。彼は、最近贔屓にしている若手女優のプータ・レグレンツィのためにパーティーを開いたのだ。到着するやいなや、私は、このたいそうな美人の名前には実際にはtが二つあって[1]、生意気な娘は裕福な男を嫉妬に狂わせて楽しんでいるのを見抜いた。だが、あえて気づかないふりをした。「やあ、ジョルジョ、一体どうしたんだ?」私は彼に声をかけた。「それが正直言って、私にはさっぱりわからないのさ」彼は答えた。「今日は町で最高の面々を呼んだ。それなのに、パーティーが盛り上がらないのさ。何か打つ手がないか、ちょっと診てくれないか」

私は観察した。だが、目も当てられないありさまというわけではなかった。私の目には、むしろかなり成功しているパーティーに思えた。女性客のほとんどは若く、いずれもセクシーな魅力にあふれていた。男性陣も適度に酔いがまわって、大いに羽目を外していた。「それに、彼女は、プティーナは消えてしまったんだ」ジョルジョは取るに足らない些細なことのようにさらりと言い足した。「消えてしまった？　なぜ？」「きまってるだろう。退屈してきたのさ」だが、私はさきほど、こんもりとしたツゲの木立のむこうにある庭園の東屋で、男といちゃついている尻軽娘を目にしていた。パーティー会場には音楽が流れ、みな陽気に浮かれ騒いでいた。彼は私にたずねた。「それで先生、私のパーティーを治してもらえるかね？」「パーティーそのものには問題はないな。これ以上ないってくらいにうまくいっている。問題を抱えているのはきみだよ、治すべきなのはきみのほうだ。だけど、ぼくはパーティー医者だ。きみのような傷ついた心に必要なのは私じゃない。バーナード[2]でもなければ、森羅万象の理を極めた大聴罪司祭でもない。それは、時間だよ。白い髭をたくわえ、砂時計を手にした時の神さまだ。だけど、いつもなら風のように過ぎ去る時間も、こうした場合には、カタツムリのようにのろのろと進んでいくものだ。じゃあまた」

もっと顧客に満足いただけたのは、レオンティーナ・デルホーンのケースだ。夫を亡くし、二度離婚したことで、きゃしゃな彼女の懐には四百億とも五百億とも言われるお金が転がりこんだ。ユーモアにあふれ、活動的で、見栄っ張りの気取り屋で、億万長者だけが味わえるような大きな不幸を抱え、一箇所に腰を落ち着けることもなく、町から町へ、大陸から大陸へと、たえず移動することを宿命づけられていた。彼女にとって、ひと所に三日以上留まることは、民事死を意味したからだ。だから、パーティーを開くときには、ダンスホール専用車両、レストランや浴室やジムを備えた憩いのための車両、休息をとる寝台車両からなるプライベート列車を仕立てた。そして、ひとたび出発すれば、二日、三日、四日と、列車は止まることなく、国境も越えて走りつづける。おかげで、行程やダイヤをうまく組まなければならない鉄道会社のオペレーターは頭を悩ますことになる。

レオンティーナは、なにより万一列車が停止してしまったときの心配から、私に同乗を求める。一度だけ、そういうケースがザグレブの郊外で起こったことがある。洪水で線路が損傷して列車が立ち往生してしまったのだ。ラジオが伝えるところでは、復旧までには四時間から五時間かかるとのことだった。夜中の三時だった。レオンティーナはたちまちパニックに陥り、私にすがりついた。私は、三十分ほど時間をくれるように頼んだ。さいわいなことに、その近辺にはよい手づるがあった。レオンティーナがいまにもひきつけを起こしかけていたそのとき、私の指示で、周囲の暗闇から、短剣とピストルで武装したヒッピーの一団が現れた。彼らはすばやく列車に襲いかかり、乗客たちの身ぐるみを剝いで、金のネックレスや所持金を残らず奪ったうえに、もちろんレオンティーナを含むすべての女性たちを凌辱した。レオンティーナは、私に永遠の感謝を捧げた。

残念ながら、通常、私たちパーティー医者にできることは限られている。人の活力が最低レベルに落ち込む午前二時頃。ほら、運命のお呼び出しがある。私は小さな館に、個人宅の庭園にやってきた。六月の生暖かい夜に激しいリズムの音楽が鳴り響き、家の主人たちが悲嘆にくれている。パーティーが勢いを失ってきたことに気づいたのだ。すでにカップルの多くが小部屋や廊下に引っ込んでいた。ビート楽団の演奏は疲れを見せはじめ、少なくとも十人の客が挨拶もせずに帰っていった。わびしくも、感謝と別れを伝える時が近づいているのが、そこはかとなく感じられた。

医者の務めは病人を元気づけることだ。私は脈を測り、聴診し、相手を思いやりながら言葉を選んで言う。「奥様、心配する必要はないように思われます。客はみな陽気で、心から楽しんでいるようです。床やソファに寝ている客もいますが、それは、むしろよい兆候です」

だが、プラタナスの梢でヤツガシラが鳴き、平野のはるか彼方から、電車の長く悲しげな気笛が聞こえてくる。それは運命の合図だ。私に何ができるだろう？　報酬を上乗せして楽団員たちに発破をかけ、麻薬を混ぜた薬をスプレーでそこらじゅうに噴霧するか？　もちろん、そうすることもできるだろう。だが、何が得られるだろうか？　ああ、時はとつぜん大慌てで走りはじめ、崩壊はスピードを増してゆく。私に何ができるだろう？　家の女主人は疲れた顔で、「先生、助けてくださらないの？」と言うように、手で合図する。私はあえて答えない。あちらのほうでは、木立の後ろでは、よく見ると、空はもう数分前のように暗くはない。冷たい風が木々の葉をかすかに揺らした。

生垣のむこうで、家路につくために車のエンジンをかける音が響く。食べ尽くされたわびしいビュッフェの大きなテーブル。最後まで残っていた給仕が姿を消した。いまや幽霊のような四人だけが、もう息も絶え絶えの演奏台の下で、体をゆすり、身をよじりながらシェイクを踊りつづけていた。

私に何ができるだろう？　大階段の端で私のかたわらに立って、友人たちに別れの挨拶を送っている家の女主人も、私の困惑を理解している。そのとき、喘ぎ声のように、遠くの道のほうから、何かが転がる鈍い音が近づいてくるのが聞こえてきた。円錐形の電灯の光の中で、降りはじめの雪らしきものが、ちらちらと舞っていた。

「でも」彼女は奇妙な響きの声で言った。「とってもすてきなパーティーだったでしょ？」

「ええ。忘れられないパーティーです」

「こんなすてきなパーティーはめったにないと思うわ」

私はまわりに目を遣りながら、「私もそう思います」と答える。

最後の客が去っていき、家の主人も家の中に引っこんだ。使用人たちが明かりを消す。地面に落ちたコップ。地面に落ちたパイ。葉巻、吸い殻、無秩序、ゴミ、朝、空虚な朝、疲労感、吐き気。とうとう、彼女ひとりが残された。一日の始まりの冷たい光の中で。

とてもすてきなパーティーだった。だが、むこうの奥から、陽気な鈴の音が近づいてくる。葉叢ごしに、何か白いものが、そして赤いものが動いているのが垣間見える。たとえば、聖職者の短白衣のような、深紅のブロケードの傘のようなものが。(3)

彼女にささやかな贈り物を届けに来たのだろうか？

（1）　tが二つ――「プータ（Puta）」にtをもうひとつ加えると、「娼婦（putta）」になる。

（2）バーナード――クリスチャン・バーナード（一九二二―二〇〇一）　南アフリカ共和国の心臓外科医。一九六七年に世界で初めて人間の心臓移植手術に成功した。

（3）聖職者の短白衣のような、深紅のブロケードの傘のようなもの――おそらく、臨終を迎える者に終油の秘蹟と聖体を授けにやってくる司祭の描写だと思われる。つまり、死を暗示している。このパーティーのエピソードでは、最初のほうで「六月の生暖かい夜」とある一方で、最後のほうでは、「雪らしきもの」がちらついている、と描写されるが、作者は、一夜のパーティーに「人生」の比喩的イメージを重ね、時間と人生があっという間に過ぎ去ってゆくことを寓意的に表現しているのであろう。

車の小話

Storielle d'auto

夜、友人たちと、とりとめのない、どうでもいいようなおしゃべりに興じることがあるが、車の話になると、みな、車を単なる乗り物としてしか見ておらず、ブランドや車種、排気量、加速能力、制動性能、最高速度といったことばかりを話題にするのは、なんとも奇妙な感じがする。車をただの物や機械にすぎないように語るのが、ひどく味気ない気がするのだ。ところが……

男性か、女性か?

私たちの国では、自動車は女性だと言われる。フランス語でも女性だ。ところが、ドイツでは男性。英語圏の国々でも同じ。私たちの国で車が女性扱いされる理由は——もし私の考えが間違っていれば、言語学者の方々にご指摘いただきたいが——「automobile（自動車）」という言葉が、「macchina（車）」または「vettura（車両）」につけられる形容詞が名詞化したものであることに由来する。(1) ところが、もし私たちの国で国民投票を行ったなら、その結果は予測がつかない。イタリア人は、発進時や追い越し時のパワフルな加速力や、たくましく疲れしらずな走りゆえに、また、(最近ではそうでもなくなったが)派手なスーパーカーを駆る者が若い娘たちにモテるせいで、車を男性だとみなす。けれども、右足でアクセルを踏むときには、車を女性だと感じる。カーブにさしかかったときに四速から三速へ、三速から四速へとすばやくギアを切り替えるときには、従順で素直な女性だと感じるのだ。彼女は彼の意に従い、それを楽しんでいる(少なくともそう思える)。全身全霊で求めに応え、彼を喜ばせていると。

走行計の数秘学

一般大衆には未だほとんど知られていないが——そしてまた、これまで統計学的なデータによってきちんと裏付けられたこともないのだが——ある種の数字によって示される走行距離はドライバーに悪い影響を及ぼす、という理論が築かれてきた。簡単な例を挙げよう。

人々のなかには、走行計に、1111、11111、2222、22222、のような、いわゆるゾロ目の数字が現れるのを無邪気によろこぶ者もいるが、そのように同じ数字が計器盤に並ぶときは極めつけの危険を暗示しているのだ。これは教義の初歩にすぎない。占星術師たちは、理論をさらに細かく精緻なものにした。たとえば、もし誰かが一九三二年五月七日生まれだとすると、計器盤が3257あるいは93257を示そうとするときは注意したほうがいい、というふうに。もしある人が四十七歳であったら、その数字の倍数が現れるときに、最大限の用心を奨められる。四十七キロ毎に、神経をとがらせながら車を走らせるべきなのだ。要注意なケースはまだまだ続く。自分の歳の二乗や三乗に当たる数字が現れようとしているときには、できうる限りスピードを落とし、息を詰めて進まなければならない。当然、同乗者も関係してくる。友人や知人を誘って車に乗せる前に、その人物の生年月日をたずね、計算器を使ってしかるべき計算をする者もいる。この学派の「純粋主義者」たちは、じっさいのところ、2から無限大までのすべての数字をカバーするほどの、膨大かつ緻密な実例集をまとめるに至った。その後、彼らは車を売り払い、旅行するときは電車に乗り、街中では歩くようになった。そして、以前にもまして健康である。

気まぐれな信号機

みなさんは、ふだん通る交差点にある信号機が、その時々で違った振る舞いをするのに気づかれているだろう。市の交通局の担当者は、信号機は純粋で単純な物理の法則に従い、与えられた命令を機械的に遂行しているだけだと無邪気に信じている。青信号が十五秒間ともるように調整されていれば、毎回十五秒間だろうと。とんでもない間違いだ。信号機は、それを製造した者も知らない、神秘的な感受性をしばしば備えているのである。そして、自分たちのほうに向かってくる車の群れのなかに、何か興味を引くものがあれば、離れた場所からでもそれを感じ取る。遅刻していてあせっていて、早く進みたい、一秒も無駄にしたくないとやきもきしているドライバーなどは格好の餌食だ。ドライバーが急いでいればいるほど、信号機は意地悪になる。そして、もっとも基本的な規則を無視してでも、すばやく赤信号を点灯させ、道をふさいでしまう。そのあとは、あきれるほど恣意的に、「止まれ」の合図を、通常の時間の二倍、三倍にまで長引かせる。ドライバーは悪態をつき、歯ぎしりし、時には気が狂ってしまう。

車は持ち主に似る

ほかにも、製造者によって十分に研究されていない現象がある。ひょっとすれば製造者は、その現象をケースに応じて制御し、助長させたり、あるいは抑制したりすることができるかもしれない。それは、自動車は、一般に、運転する者に似てくる、そしてその類似は外観にまで及ぶ、という現象である。もちろん、ちょっと乗っただけではそうはならない。数週間くらい経ってようやく、車は順応し、見た目においても、ドライバーの美点や欠点を帯びはじめるのである。その結果、前を走っている車を見れば、スピードとは関係なく、まさにその全体的な印象から、運転している人間は面倒くさがり屋で、おっとりしたタイプで、腰が重く、美食家で、いざという時にも優柔不断だということがすぐにわかるようになるのである。反対に ひょっとすると同じブランド、同じ車種、同じ色の車かもしれないが その恐ろしげな顔つきから、(さいわい、最近では昔ほどには見かけなくなったが) 道路をわが物顔で走る暴走族が運転する車だとわかるのである。

静寂を!

周囲の車から噴出される神経症的ないらだち。あの強烈な圧迫感。背後からは、狂暴な野獣のようなトラックが獰猛な目をウインクさせながら迫ってくる。遠くへ、遠くへ行こう。こんな地獄にはもううんざりだ。郊外に、田舎に行くのだ、澄んだ空気を、静寂を求めて。だが、そう簡単にはたどり着けない。何百キロ、何千キロと進んでも、まだ野獣たちが跋扈《ばっこ》している。遠くへ、さらに遠くへ。人の住まない世界の果てを目指して、前進するのだ。そう、天地開闢以来、誰も足を踏み入れたことのない、平らで穢れのない砂漠の真ん中へ。すばらしい解放感。見渡すかぎりトビネズミ一匹さえ見当たらない。ありがたいことに、もうバックミラーを覗く必要もない。とうとう彼は（あるいは彼女は）車を止める。なんという静寂、なんという安らぎ。言いようもない安堵のため息とともに、ドアを開けて降りようとする。だが運悪く、同じ方向を進んでいたサイクリストがドアにぶつかる。

浮浪者たち

城壁の外の耕していない原っぱに設けられた車の墓場には、夜間も、番人が置かれることはない。一体誰が盗みを働くだろう？　飢え死にするかもしれないほどの切羽詰まった状況にある泥棒でさえ、そのような仕事の申し出には乗らないだろう。というのも、夜になると、スクラップになった車両が、車の残骸が、もう車輪もエンジンもない死んだ車たちが目覚めて、毎晩のように、口論を始めるからだ。それどころか、たいていは暴力沙汰に発展する。これ以上の悲しみはない……。惨めにも完全に消滅してゆく前に、彼らは自分の幸せだった時代を、不幸の仲間たちを相手に語るのだ。じっさい、それは最後の慰めだった。昔をしみじみ懐かしみながら、彼らはありそうもない、華やかで輝かしい自慢話をでっち上げる。上流階級の、世間に名の知れたご主人といっしょにフェゴ島まで旅行に行ったとか、超音速でのクルーズを楽しんだだとか。すると、ほかの車たちはそいつをからかって馬鹿にする。相手は言い返し、喧嘩が始まる。鉄板がぶつかり合う鈍い音がひとけのないわびしい地区に響き渡る。

十数年前、犬を散歩に連れていったときに、フルヴィオ・テスティ通りの突き当りの空き地で知り合った浮浪者のことを思い出す。年寄りだが、まだ元気だった。言葉をかけると、すぐに身の上話を始めた。大金持ちだった彼の母親は、ニグアルダ(2)の女王で、銀の馬車に乗っていたという。だが、やがてドイツ人たち(ママ)がやってくると、一家は落ちぶれて文無しになってしまった。ロンバルディアで母さんを知らない者などいなかったんだ、と彼は言い足した。そのとき、少し離れた草の上に座っていた二人の浮浪者が笑い出し、牧人のような長い口笛を吹きはじめた。すると彼は、怒りで真っ赤になり、二人に飛びかかった。三人とも五十を超えていた。それでも、あれほど激しい殴り合いは見たことがなかった。

過去の亡霊

私たちがずっと昔に持っていた、あのエレクトリックブルーの、2シーターのオープンカーは一体どんな最期を遂げたのだろう? 私たちはその車を欲しがり、購入し、愛し、かわいがり、いつくしんだ。だがやがて、もっと若くて美しい別の車を買うために、残酷にも捨ててしまったのだった。時として人は、古い友人同士のように、車とも深い絆を結ぶことができ、それは永遠に続くように運命づけられているかもしれないという幻想を抱き、遅かれ早かれ車を処分する時がかならず来ることを考えまいとする。だが、予想外の早さで、その時はやってくる。グローブボックスは空っぽにされ、哀れな車は中古車ディーラーに引き渡される。怖れていたような悲痛な感情もわき上がらない。私たちにとってはすでに死んだ車であり、店を出るときにもう一度ふり返って別れの一瞥をくれることもない。あんなに大好きだったのに！　あの車は、どんな最期を遂げたのだろう？　手荒に扱う人間の手に落ちて、酷使され、あっという間に墓場行きになったのだろうか？　それとも、気高い心を持った紳士の手に渡って、新品同様にしてもらい、いやそれどころか、可能なかぎり美しく磨き上げられ、今ではレトロ車の国際カタログにでも記載されているのだろうか？　いや、美意識の高い人間の気をそそるほどシックな車ではなかった。ままあるように、緯度から緯度へと南下し、埃っぽい南部の、そのまた南にまで行きついたのだろう。そこで、いわば二度目の苦い青春を味わったことだろう。結局、彼女も。

　あれから、長い時間が過ぎ去った。もう鉄板の欠片すら残っていないだろう。それでも時折、大きな交差点や、インターチェンジや、高架橋で渋滞に巻きこまれているときに、彼女をちらりと見かけたような気がすることがある。少々くたびれて痛んではいるが、昔と変わらぬ青い色で、スマートで、生意気な顔をしたあの車を。ああ、後悔の念がわいてくる。のこのこ近づいて、声などかけられようか？　だが、もう消えてしまった。亡霊のように。

（1）イタリア語の「macchina（車）」と「vettura（車両）」は共に女性名詞。
（2）ニグアルダ——ミラノの地区のひとつ。

塔

La torre

大侵略の時代に、ジュゼッペ・ゴドリンという名の若く裕福な市民が、町の北の境に、高くそびえる塔を建てた。塔のてっぺんには部屋があって、彼は一日の大半をそこですごした。塔の頂上からは、北のほうに、国境地帯の山のほうに向かってのびる街道が見わたせた。当時は、好戦的で放浪生活を送る数多くの民族が世界を荒し、戦争や、殺戮や、破壊をもたらしていた。だが、なかでももっとも恐れられていたのは、サトゥルノ族だった。彼らの前では、祖国の防衛のために配置されたいかなる正規の軍隊も無力だった。

さて、子どもの頃からこの恐怖に苛まれてきたゴドリンは、自分が誰よりも早く警告を発することができるようにと、塔を建設したのだった。

サトゥルノ族の最強の武器は奇襲だった。彼らは疾風のごとく駆け寄せ、気づかれないうちに町を急襲した。百戦錬磨の軍隊でさえ、彼らをすばやく食い止めることができなかった。町が城壁に取り囲まれていても、蛮族たちは、どれほど高く滑らかな壁も巧みに梯子を掛けて乗り越えることができた。

塔のてっぺんからは遠くまで見わたせるから、ぼくは敵の侵入をいち早く知らせることができるし、誰よりも先んじて戦いの準備に取りかかれるだろう。ゴドリンはそう言っていた。戦いに備えて彼は、大量の甲冑や剣、槍、銃、カルバリン砲を購入していた。そして塔の下の中庭で、週に三回、大勢の召使たちに武器の扱い方を身につけるための訓練を受けさせた。

塔の建設が進み、作業のために組まれた足場が町のすべての建物を見下ろすようになった頃、人々は、ゴドリンは頭が少しおかしいとうわさしはじめた。蛮族たちは、もう一世紀以上前から姿を現していなかった。サトゥルノ族は、いまでは伝説めいた昔話にすぎなかった。おそらくはもうこの世に存在していないと言う者も多かった。

そのうえ、ゴドリンは先陣を切って戦うためではなく、身を隠すのに必要な時間を稼ぐために塔を建てたのだとうわさする、口さがない連中も少なくなかった。さらに彼らは、ゴドリンは塔の地下に難攻不落の避難所を設けていて、そこに数年間の包囲にも耐えられるだけの水と食料を蓄えているのだ、とほのめかした。だが、誰もそのことを証明することはできなかった。

けれども時が経つにつれ、人々はゴドリンや彼の塔のことなど忘れ、おしゃべりもやんだ。平和な時代だった。町は繁栄と平穏な生活を享受していた。名家の一員であったゴドリンは、時には、上流社会の集まりや宴に参加することもあった。だが、ふだんは塔に引きこもって暮らし、高性能な望遠鏡を使って、見張台から北の街道を注意深く監視することを怠らなかった。北からやってくるのは、何の変哲もない馬車に、商品を積んだ荷車、羊の群れ、孤独な旅人たちだけだった。夜の帳が降り、暗くなって監視を続けられなくなると、寝る前に近くの宿屋に行き、火酒を飲みながら、通りすがりの旅人たちの話に耳を傾けた。

こうして歳月は恐るべき速さで過ぎ去り、ゴドリンはある日、自分が年老いてしまったことに気づいた。四百三十八段ある塔の急な階段を登るのに、はじめて召使いの助けを借りた。

体力とともに、猛々しかった精神も、若い時分の希望や、かつての恐怖心さえも衰えていた。思い出せないほどの昔から北の街道に向けられていた望遠鏡に、近づくことさえない日々が続いていった。

ところがある晩、宿屋の片隅に座って、よその国からやってきた馬の商人が語る異国の珍しい話に耳を傾けていた彼は、ドキンとした。というのも、旅人が話の中でこう言ったからだ。「……そう、おぼえている。サトゥルノ族がこの町にやってきたとき、おれはまだガキだった」

ゴドリンはこれまで他人の話に割って入ることなど一度もなかったが、このときばかりはそうせずにはいられなかった。「すみません」と彼はたずねた。「いま何とおっしゃいました？」

相手はびっくりした顔で振りむくと、答えた。「サトゥルノ族が侵入してきた年だと言ったんでさあ」そしてすぐに話を再開した。驚きのあまり、ゴドリンは重ねてきき返すことができなかった。だが、一方でこう思った。どうして通りすがりの旅人の法螺話なんぞを真に受ける必要があるだろうか？　きっと、でたらめを言っているのだ。名前や時についても馬鹿げた記憶違いをしているのだ、と。

それでも、一抹の疑念は消えることがなかった。サトゥルノ族が侵入したなどという、ありもしない話を聞いて、一体どうして、顔見知りの町の人々は、誰ひとり異を唱えようとしないのか？

こうしてゴドリンは、次の日から——それまでほとんどなかったことだが——薬味商や、煙草屋や、本屋に立ち寄っては、なにげないふうを装って店の主人と世間話をしながら情報を得ようとした。正面から聞き出そうとするのではなく、たまたま話題にのぼったかのような遠回しな形で、それとなく探りを入れた。だが、何ひとつ成果は得られなかった。

そこで彼は、むかしラテン語とギリシャ語を学んだ師であるアントニオ・カルバッチを訪ねてみることにした。カルバッチは、その知恵と知識ゆえに、町の人々に尊敬され、彼の言葉はあたかも神託のように敬意を払われ、非常時には、国家の指導者たちからも助言を求められる人物だった。学業を終えて以来、ゴドリンは一度も彼に声をかけたことはなかったし、しばらく前からはもう見かけることもなくなっていた。極度の高齢から、もう動くことのできない状態にあることのしるしだった。

老翁は、ゴドリンをやさしく迎えた。彼の相談にも驚いた様子はなかった。それどころか、まるで、すでに何もかもお見通しのようだった。

「きみは、昔の師にちっとも会いに来てくれなかったな」カルバッチはゴドリンに言った。「だが、わしは、きみのことをずっと気にかけておったよ。遠くから見守ってもいた。かわいそうなジュゼッペ！　そう、きみをひどく悩ませてきたサトゥルノ族はやってきた。やってきて、通り過ぎ、去っていった」

「でも先生、この町では、少なくとも六十五年前から、私が生まれた時から彼らはもう……」

「サトゥルノ族はやってきた」老翁は、表情を変えることなく言った。「だがきみは、あの役に立たない塔のてっぺんにいて、まったく気づかなかったのだ」

「でも、それなら、北の街道から来たのではない。南の街道からでも。彼らは地の底から音もなく現れて、略奪し、破壊したのだ。そして哀れなジュゼッペよ、きみは、たいへん立派ではあるが独りよがりな考えにとらわれていたせいで、何も気づかなかったのだ」

「ともかく、私は敵から逃れることができたんですよね？」ゴドリンはいくぶんむっとした口調で言った。

「サトゥルノ族はやってきた。略奪し、去っていった。だが、そのあと、別の者たちがやってきた。別のサトゥルノ族が毎日やってきて、襲撃し、略奪し、破壊し、また去ってゆく。彼らは馬を駆って通りや広場で暴れまわったりはしない。私たちの一人ひとりの内で仕事をし、私たちが油断しているすきに、破壊するのだ」

「でも、私は……」

「でも、きみは気づかなかった。彼らはきみも襲った。きみも荒廃させた。だが、きみは別のほうを、北の道なんぞを見ていたから、気づかなかったのだ。そして、いまや年寄りだ。哀れなジュゼッペ。そうやって、きみは人生を台無しにしてしまったのだ」

名声

Il buon nome

控訴裁判所の元部長で、いまは年金暮らしの七十四歳で、極度の肥満体のアッティリオ・フォッサドーロ伯爵は、ある晩、おそらくは暴飲暴食が原因で気分が悪くなった。

「どうも、体が重苦しい感じがする」横になりながら、彼は言った。

「そうでしょうとも」妻のエロイーザが言った。「こうなることは容易に予想できたでしょうに。まったく子どもより始末が悪いんですから！」

高名な判事は、どさっとベッドの上に身を投げ出した。そして仰向けの姿勢で口を開けたまま、もう返事をしなかった。

バローロを聞し召したせいでだしぬけに眠りに落ちたのか、それとも、急に病気になったのか？伯爵はうわごとを言っていた。家の者が呼びかけ、体を揺さぶり、顔に水をかけた。だが、意識はもどらなかった。

そこで、家人は最悪の事態を考え、エロイーザ夫人がかかりつけ医のアルブリッツィ医師に電話した。

夜中の十二時半に、医者はやってきた。患者を観察し、聴診器を当てた彼は、ためらっているように見えた。そして、医者の場合には何ひとつよいことを予感させない、あの物柔らかで愛想のよい態度を取った。

隣の客間で、医師、エロイーザ夫人、そして、すぐに呼び出された二人の子ども、エンニオとマルティーナが、小声で話し合った。予断を許さぬ状況だった。そこで医学界の大御所的存在で、世界的にもその名が知られる老臨床医に診てもらうことになった。御年八十三歳のセルジョ・レプラーニ教授は、長年にわたってその道の最高権威だった。そしてそれゆえ、診療代も最高ランクだった。とはいうものの、フォッサドーロ家の人々にとっては、目玉が飛び出るような額でもなかった。

「何をぐずぐずしているんです。さあ、早く呼んでください」エロイーザ夫人が迫った。

「それは無理です。こんな時間には来てもらえませんよ。ご辛抱ください!」

「患者がフォッサドーロ伯爵なら、来てくれますわ、絶対に! 賭けましょうか、アルブリッツィ先生?」

じっさい、夫人は電話した。教授のゆるぎない習慣を覆させるほどの、非常に強い口調で。

レプラーニ教授は、二時頃、第一助手であるジュゼッペ・マラスカ教授に伴われて、というか、支えられながら、館に到着した。

名医が部屋に入ったとき、フォッサドーロの昏睡状態はさらに深刻さを増しているように思えた。息遣いも一層苦しげだった。レプラーニ教授は、ベッドのかたわらに腰を下ろすと、マラスカとアルブリッツィに患者を診させた。二人は、既往症、体温、心拍数、血圧、反射などの情報を次々伝えていった。

レプラーニは、無表情で、精神を集中させるためか(それとも眠気に襲われたのか)、目を閉じたまま、身じろぎもせずに聞いていた。

やがて、マラスカが教授の耳元に顔を寄せると、時刻や場所や状況を考えるなら、びっくりするほどの大声を張り上げて、「先生!」と呼んだ。

レプラーニははっと我に返り、三人の医者は、家族に席を外してくれるように頼んだ。

だが、診断には三分とかからなかった。「それで、先生?」と夫人が不安げにたずねると、レプラーニは、「奥さん、しばしお待ちください! あとで、かかりつけ医から詳しい説明があるでしょう」と答えた。そして、おぼつかなげな足取りで、エレベーターに乗りこんだ。

一方、アルブリッツィのほうは、さほどもったいをつけなかった。しかるべき慎重な言葉遣いではあったが、大先生のお告げを明確に伝えた。脳塞栓だということ、予後は悪く、希望はまったく持てないこと。せいぜいもって、あと一週間だということを。

ところが翌朝、その後の状況を確認するためにフォッサドーロ家を訪れたアルブリッツィの驚きようといったら!

家政婦のイーダが、輝くような笑顔を見せながら扉を開けてくれた。

「元気になられました、先生。旦那様はもうすっかり元気です！　私は最初から疑っていたんです。でも、大先生方の前でそんなことを言えるでしょうか？　ただの飲み過ぎだったんです」

そのとき、死にかけているはずの男も、にこやかな顔で現れた。

「アルブリッツィ先生、昨晩は、私のせいで大変なご迷惑をおかけし、申しわけありませんでした。まことに面目ない……わかっています、わかっていますとも。年甲斐もないことだったのは」

「お元気なのですか？　立っていて大丈夫なのですか？」

「まあ、少々頭がぼーっとしていますが。それ以外はまったく問題ありません。こういうときは、ぐっすり眠るしかありませんな」

仰天すべき事態。いや、スキャンダラスな事態ですらあった。アルブリッツィからフォッサドーロの「蘇り」を知らされたとき、レプラーニの第一助手であるマラスカは怒り狂った。

「バカな！　ありえない！　レプラーニ教授はけっして間違わない。間違えるはずがない！　アルブリッツィ、これがどういうことかわかるかね？　すでに先月、先生はミスをひとつやらかしているんだ。そのとき梗塞を起こされなかったのは奇跡だった。でも、六日間も寝こんでしまわれた。二度目の敗北は命取りになるだろう。わかるかい？　まったく、ただの深酔いだったことを見抜けなかったきみも、とんだ間抜けだよ」

「じゃ、きみは？　きみはどうなんだ？」

「ぼくは、疑っていた。誓って言うが、疑っていた。でも、先生の判断に異を唱えることなんかできるだろうか？　あの方の気性は知ってるだろう。それに先生はもう、患者は、フォッサドーロは、死んだも同然だと公言してしまってるんだ」

「そいつは困った。で、どうしたらいい？」

「いいか、先生には、最大限の敬意が払われねばならんのだ。わかるかね？　最大限の敬意が！　ぼくが行って伯爵夫人に話す」

「話すって、何を？」

「ぼくに任せろ。心配はいらない。うまく片を付けるから」

大学では臆面もない出世主義者であるマラスカは、エロイーザ夫人にはっきりと言った。

「今ここで、まことに由々しきことが起きています。レプラーニ教授は、余命わずかと断言されました。にもかかわらず患者は、まるで何事もなかったかのように、家の中を歩きまわっています。まさか、外出などしていないでしょうね？」

「それが、じつを申しますと……」

「ああ、何たることだ！　世界がうらやむほどの名医の威信がこんな形で危険にさらされているとは！　断じて許されるべきではありません」

「どうしたらいいんでしょう、先生？」

「ともかく、まずは、伯爵に寝ているように説得してください。病気であることを、重い病気であることを理解させるのです」

「でも、本人は自分が元気だと思っているのに！」

「おやおや。奥様、あなたの口からそんな言葉を聞くとは思いませんでしたよ。ことのデリケートさがおわかりではないのですか？　教授は、苦しむ人々を救うことに人生を捧げられてきたのですよ。その長年の尽力によって勝ち取った名声が汚されてもよいものでしょうか？」

「でも、先生から夫に言ってくださるのが筋なのでは？」

「神のご加護がありますように。ご主人は、あの歳であんなにも人生に執着しておいでだ……それに失礼ですが、フォッサドーロ家の名誉のこともお考えください。世間の人々に真実を……ご主人はだらしのない飲兵衛だと、知られてもよろしいのですか？　由緒正しい家柄のりっぱな判事が世間の嘲笑の的になっても？」

「先生、それはあまりに……」

「すみません、伯爵夫人。でも、言葉を選んでいる場合ではないのです。レプラーニ教授の名誉はなんとしても守られねばなりません」

「では、夫は、どうすればいいんでしょう？　姿をくらませばいいのですか、それとも、命を絶てとでも？」

「それは奥様がお考えください。何度も申しますが、レプラーニ教授はけっして間違わない。今回も間違うはずはないのです……ああ、かくも名高き学者の名誉が一顧だにされないとは！」

「私にはわかりません、先生。よくわかりませんわ……私としては、先生にお任せすることにやぶさかではありませんが……」

「それを聞いて安心しました、奥様。やっぱり思ったとおり、あなたは家名や体面を何より大切にされる方だ、……まあ、そう難しいことではないでしょう……たとえば、何か適当な食べ物を与えるのです……へっへっ、ご主人は遠慮などなさらないでしょう……」

「それで、どうなるんでしょう？」

「レプラーニ教授の診断は誰からも否定されてはなりません。教授は余命一週間と宣言されました。診断どおり、伯爵には亡くなっていただきましょう。まあ、私も融通のきかぬ人間ではありません。でも、十五日以内には、葬儀を行なうのです」

学界の名誉を守るための陰謀が、すぐさま動きだした。

レプラーニは第一助手にたずねた。「で、老伯爵の様子は？　順調に死体になりつつあるかね？」

すると、助手は答えた。「先生はすでに宣告されました。すべてお見立てどおりです。もう棺桶に片足を突っ込んでいる状態です」

フォッサドーロ家では、いかにももっともらしい口実——たとえば、寒いからとか、風が吹いているからとか、湿気がひどいからとか、スモッグが立ちこめているからとか、風邪の引きかけのようだからとか——をつけて伯爵を外に出そうとしなかった。一方で、その時にむけての電話がひっきりなしにかかっていた。レプラーニが下した診断のニュースは、すでに町中を駆けめぐっていたのだ。

葬儀屋は棺選びや遺体の処置や飾りつけの打ち合わせで、市の救急病院の医者は死亡診断書の件で、終油の秘蹟を授ける司祭はしびれを切らして、孤児院の関係者は葬儀への参列の問い合わせで、そして花屋は花輪の準備のために、電話をかけてきた。だが当人は、伯爵本人は、あいかわらず元気そのものだった。

十五日目になると、レプラーニ教授はそわそわと不安な様子を示しはじめた。「あのしぶとい爺さんは、まだ決心がつかないのかね?」としつこくたずねた。降圧剤の注射が必要だった。

その日の午後、目を血走らせたマラスカ教授が、コック服姿の二人の若い助手を連れて、フォッサドーロ家に現れ、調理場を乗っ取った。その晩は、孫娘の聖名祝日を祝う家族の晩餐会が開かれた。招待客の中には、あの執念深いマラスカ教授の姿もあった。

教授はじつに完璧に仕事をやり遂げた。患者が体の不調を訴えたり、苦しむ様子を見せたりすることもなかった。アッティリオ・フォッサドーロ伯爵は、デザートのケーキをひと口食べたとたん、そのままあの世へと旅立ったのだ。口元にはまだ、死に際の幸せなほほえみが浮かんでいた。

マラスカは、すぐさまレプラーニに電話した。

「先生、このたびもおめでとうございます。たったいま、伯爵は亡くなりました」

隠者
L'eremita

陽射しが照りつけるテーベ(1)の地に、ひとりの隠者が暮らしていた。名をフロリアーノといい、いまだ十分な聖性を身に付けるに至っていなかった。

禁欲、断食、粗食、克己、肉体の苦行の点では、彼は第一級だった。体は骨と皮ばかりに痩せこけていた。にもかかわらず、自分は神の恩寵に浴していないのではないか、という不安を常に抱えていた。とりわけ、五十を過ぎてもまだ一度も奇跡らしい奇跡を起こしたことがないという事実が、彼を悩ましていた。それにひきかえ、同僚たち、たとえばエルモージェネ、カリブリオ、エウネーオ、テルサゴラ、コルメッタ、フェードなどは、各々起こした奇跡を、少なくとも半ダースは数え挙げることができた。

ある日、ローマからひとりの修道士がやってくるという知らせがあった。学識豊かで大聴罪司祭でもある、その修道士は、神の種子を蒔くためにキリスト教の修道生活の拠点をまわっているのだという。

さて、その修道士は、2シーターのオープンカーを運転してやってきて、ジタンをひっきりなしにふかしていた。荒れ野のほら穴に暮らす敬虔な隠者たちは目を丸くした。けれども、彼がたずさえていた信任状に、戸惑いは払しょくされた。

バジリオ師は、ひときわ高く切り立った崖の下に赤白の縞模様の天幕を張ると、告解者たちを受け入れはじめた。最初に訪れたのは、フロリアーノだった。

バジリオ師は、非常に気さくで、ほがらかだった。フロリアーノがひざまずくことをどうしても許さなかった。それどころか、しなやかな布を張ったサファリチェアに座らせて、罪の告白をうながした。フロリアーノは、贖罪を重ねても煩悶に苦しめられつづけていることを打ち明けた。バジリオ師も椅子に座って、ほほえみを浮かべながら彼の話に耳を傾け、ときどき頭を振っていた。

フロリアーノが話しおえると、相手は質問を投げかけた。

「定住しているのかね、それとも放浪しているのかね?」

「放浪しています」フロリアーノは誇らしげな口ぶりで答えた。

じっさいテーベでは、ほら穴を住まいに定めてそこから移動しない定住の隠者と、きまった住まいを持たず、同じ場所でけっして二晩続けてすごすことなく、崖から崖へと渡り歩き、最小限の暮らしの設備にも欠け、たえず蝙蝠や蛇や小さな獣たちが入りこんでくる、自然のままのほら穴を寝場所にする隠者とでは、天と地ほどの差があった。もちろん後者の生活のほうが、はるかに住み居心地が悪く、危険も伴った。

「で、何を食べているのかね?」

「もっぱらイナゴです」

「生きたものかね、それとも干したものかね?」

「干したものです」

「蜂蜜は一切口にしないのだね?」

「味すら知りません」フロリアーノは答えた。

「で、いつも鞭打っているのかね?」

フロリアーノは、マント代わりにしている汚い布の裾をめくり、やせて、赤紫色のみみず腫れだらけの背中を見せた。

「けっこう」かすかに狡猾な感じのする笑みを一瞬もたやさない修道士は、ひと言言った。それから、咳払いをすると、話しはじめた。

「きみのケースは単純明快だ。もしきみが心で願っているように、自分の内に神の存在を感じられないとしたら、その理由はただひとつ。フロリアーノ君、きみがあまりに傲慢だからだ」

「傲慢、この私が?」相手は啞然としてきき返した。「ごわごわした堅い布をまとい、裸足で歩きまわり、吐き気をもよおすような虫を食し、夜は、ジャッカルやフクロウや蛇の糞の上に寝ている私がですか?」

「そのとおりだ、フロリアーノ君。きみが肉体を痛めつけ、罰すれば罰するほど、きみは、自分が高徳で神にふさわしい存在だと感じる。きみの腸《はらわた》がうめきを上げ、四肢が萎えると、その埋め合わせに、きみの精神は高揚し、膨れ上がるのだ。これを傲慢と呼ぶ」

「なんと！」純朴な隠者は、驚きのあまり叫んだ。「では、私は一体どうすればよいのでしょう？」

「物質を貶めるのは簡単だ」じっさい健康的でつややかな顔をしたバジリオ師は、力をこめて言った。「だが、魂を貶め、苦しめることははるかに難しくて価値あることなのだ。だからこそ、神の慈悲を得られるのだ」

「そうです、そのとおりです！」とつぜん、目からうろこが落ちたように感じたフロリアーノは言った。「罰する必要があるのは精神なのです。苦しまなければならないのは精神なのです！」

「私の言わんとするところが呑みこめたようだね」ローマからやってきた大聴罪司祭は言った。

「さて、そこで、われわれの魂にとって、もっともつらくて屈辱的な状態は何だと思う？」

「師よ、言うまでもありません。大罪を犯すことほど大きな苦痛はありません」

「そのとおりだ、フロリアーノ君。罪だけがきみに必要な屈辱を与えることができるだろう。きみの罪が恥ずべきものであればあるほど、魂の苦しみも苛烈なものになるだろう」

「そんな、恐ろしい！」フロリアーノはおびえて言った。

「言うまでもなく、聖性に至る道は厳しいのだ」修道士は相槌を打った。「ひょっとして、きみは、少しばかり鞭打つ程度で十分だと思っていたのかね？　とんでもない。天国に入るために必要な苦しみは、はるかに大きなものなのだ」

「では、私はどうすればよいのでしょう？」

「簡単なことだ。悪の衝動に従うのだ。たとえば、きみは妬みにとらわれたことはないかね？」

「師よ、残念ながらあります。仲間のひとりが新たな奇跡を起こしたと聞かされるたびに、胸を締めつけられるような気がします。でもこれまでは、さいわいにも、いつもその気持ちを抑えてきました」

「いかん、いかん、フロリアーノ君。今日からは、逆に、その邪な感情に身をゆだねるのだ。それに没入するのだ。それから、美しい女が告解にやってきたとき、その女性に欲情をおぼえたことはあるかね？」

「師よ、恐ろしいことにございます。でもこれまでは、ありがたいことに、いつも心を鎮めることができました」

「いかん、いかん、フロリアーノ君。誘惑はほかならぬ天から贈られたものだ。きみがそれに押し流され、恥辱にまみれ、その惨めさから苦い涙を流すようにな」

隠者はすっかり動転しながら、バジリオ師の天幕を出た。要するに、自分はまったく間違っていたのだ。彼も、テーベのほかの仲間たちも、至高の神秘を何ひとつ理解していない単純素朴な田舎者だったのだ。考えれば考えるほど、大聴罪司祭の言うことは正しいと思えてきた。イナゴなんぞを嚙んでも意味はない。罪の嘔吐を乗り越えること。これこそが本当の試練、自分を罰し、自分を貶め、苦しむためのもっとも力強い方法なのだ。これこそが神への至高の愛の捧げものなのだ。

隠者は、それまで自分の肉体を罰していたのと同じ不断の熱意をもって、自分の魂を苦しめはじめた。そして、よりいっそう激しい良心の呵責を感じ、身を焼くような苦悩を味わうために、卑劣きわまりない行為を思いついた。隠者仲間を中傷した。賽銭箱から賽銭を盗んだ。夜中に、砂漠の娼婦たちと肉体関係をもった。しまいには、日々、告解を悪用して下劣な匿名の手紙を送りつけ、不義を働いている妻を夫に、不実な夫を妻に、腹黒い召使を主人に、悪習に染まった娘を両親に告発した。当然のことながら、こうした匿名の手紙を送るのは、彼にはもっとも汚い行為に思われた。そしてそれゆえに、彼の善良な魂はこの上なく苦しんだ。

その一方で、純朴な彼は、こんなふうに考えることがあった。この世界はなんとねじ曲がっているのだろう。泥棒や、裏切り者や、高利貸しや、他人を搾取する者や、人殺しが蔑まれ、罰せられるのだから。おそらく彼らは、非常に善良な人たちで、自分の力ではどうしようもない強い誘惑に打ち負かされた正直な、それゆえ不幸な人々なのだ。人は、彼らを迫害するのではなく、憐れむべきだろうに。牢獄送りにするのではなく、慰めを与え、敬意を表するべきだろうに、と。

隠者のフロリアーノは徳人としての名声を享受していたので、犯人として疑われることもなく、不埒な行為をいつまでも続けることができた。ところが、隠者の密告のせいで、不義密通の現場を夫に押さえられ、離縁され、世間に恥をさらしたひとりの若い妻が、密告者の正体を暴いてやると心に誓った。彼女は、密通がばれないようにつねに気を配っていたし、不義の事実を知りえた者はこの世にただひとりしかいないことも明らかだった。罪を告白してきた隠者である。彼女は、夫が受け取った匿名の手紙をうまく手に入れた。何年か前にフロリアーノが聖歌を書き記した紙も入手した。二つを突き合わせてみて、確信した。そして、事実を司法当局に訴えた。

その国には、文明度の高い法律があったので、匿名の手紙を出した者は斬首による死刑に処せられることになっていた。このケースでは、明々白々な証拠もあった。警吏の一団がテーベに急ぎ向かい、隠者をとらえて連行した。

裁判でフロリアーノは、己が卑しさを際立たせ、犯した罪から最大限の屈辱を引き出すために、嫌疑を受けた手紙を書いたことはもちろん、ほかの悪事についても洗いざらい白状した。裁判所が死刑を宣告した日、罪の意識に激しく苛まれた彼の心は、さながら、腸を抜かれて焼き串に刺し貫かれた白いハトのようだった。かくも深い絶望感を味わいながらも、これでついに天国に行けるのだと確信した。

フロリアーノは、服を脱がされ、血が出るまで鞭打たれ、逆上した民衆の罵声を浴びながら、絞首台に連れていかれ、台の上に押し出された。ある種の忘我の境地で、彼は、そのときはじめて周囲に目を遣った。そして、絞首台の下から、彼に目を向け、にやにや笑っているバジリオ師を見た。そのときになってようやく隠者は、恐るべき罠にはめられたことに気づいた。大聴罪司祭は、誰あろう、悪魔だったのだ。悪魔はいまにも罪に穢れた彼の魂をつかみ取ることだろう。

そう思うと、激しい悲しみで胸が張り裂けんばかりになり、哀れな隠者は身も世もなく泣き出した。もちろん周囲の人々は、卑怯にも死ぬのが怖くて泣いているのだとしか思わなかった。

広場には、すでに夜の最初の影が落ちようとしていた。紫色に染まった黄昏の中で、死刑執行人の斧が振り下ろされた。そのときだった。あらかじめ用意されていた籠の中にころがり落ちた隠者の頭の周囲がきらきらと光輝いた。人々はそれをはっきりと目にした。

すると、バジリオ師を名乗っていた悪魔は、人垣をかきわけて逃げだした。彼は、この世でいまだかつて成し遂げられたことがなかった偉業を、悪魔にとっては不名誉きわまりなく、この上なく馬鹿げた偉業を成し遂げてしまったのだった。つまり、汚らわしい罪によって人間を神の栄光に導くという偉業を。「ちくしょうめ！」悪魔は悪態をついた。「まことに神へ至る道は無限だわい」

（1）テーベ（テーバイ）――ナイル川沿岸に位置した古代エジプトの都市。三、四世紀頃、周辺の砂漠や荒野にはキリスト教の隠修士（いわゆる隠者）が多く暮らし、修道生活の発祥の地とされる。ただし、この物語では、古代と現代が融合しているかのように描かれており、実在の地名を借りた一種の架空の場所だと言えよう。

チェネレントラ

Cenerentola

七歳になる双子の姉妹、リーチャとミーチャは、二歳年上の義姉のチェネレントラ(1)をからかった。

「あなたもパーティーに行くわよね、レントリーナ?」リーチャが言った。

「もちろん行くわよね?」ミーチャも言った。

リーチャとミーチャは、元気と自信にあふれた、かわいらしい女の子だった。チェネレントラのほうは、二人の妹たちより体も小さく、みすぼらしかった。小児麻痺のせいで片方の脚に麻痺があり、歩くときには足を引きずっていた。

チェネレントラは答えた。「なに言ってるの。私は行けない。美人コンテストなんでしょ? あなたたちはいいわ。二人ともかわいいもの。でも、わたしは障害者」

「障害者」という言葉を、彼女は、妙に重々しい口調で口にした。そう、そのパーティーというのは、回帰熱に苦しむアフガニスタンの同郷人のためのチャリティーとして、四旬節の真ん中の土曜日に開かれる、子ども美人コンテストだった。

「バカ言わないで、レントリーナ。ちょっとくらい足を引きずっているのがなんだっていうの？」リーチャが言った。

「そうよ、レントリーナ。ゆっくり歩けばいいだけよ。だれもぜんぜん気づかないわよ。だいじなのは顔でしょ？」ミーチャが言った。

二人の幼い双子は、歳の割には精神面で早熟だった。原罪の点においても。

「それに、レントリーナ、あなたの顔だってなかなかのもんよ」リーチャが言った。

「ホントにそうよ。なかなかのもんだわ。きのう、チェルヌスキさんがなんて言ったか知ってる？」ミーチャも相槌を打った。

「なんて言ったの？」

「とても利発そうな顔をしているって。そう言ってたわ。私たちはかわいいけど、あなたは利発そうな顔だって」

コンテストは、四旬節の中ほどの土曜日に、市立公園の中に建つパビリオンで開かれることになっていた。そのパビリオンは、アール・ヌーヴォーの回顧展のために建てられたもので、二十世紀初期のデンマーク様式で、全体が人工木材で作られていた。

チェネレントラは考えた。『どうしてきょうは、妹たちはこんなに優しいのかしら？　いったいどういう風の吹きまわし？』だが、真面目な口調でこう答えた。「障害のある子どもは美人コンテストには参加できないの。あなたたちはまだ小さいから、よくわからないかもしれないけど」

そこへ、母親のエルヴィーラ・ラヴィッツァ夫人が、下唇を独特の形に突き出しながら、話に割って入った。

「レントリーナ、何をバカなことを言ってるの。リーチャとミーチャの言うとおりよ。あなたもコンテストに出るべきよ」

「でも、どの服を着ていけばいいの？」チェネレントラは、期待と不安が入り混じったような表情で夫人を見ながらたずねた。

「誕生日に買ってあげた服を着ればいいわ。すてきな服じゃない。値段も高かったのよ！」

チェネレントラは考えた。『たぶん私の勘違いだったんだ。二人とも私が思っていた以上に優しいのかもしれない。本当は私のことを好いてくれているんだわ』

彼女は椅子から立ち上がった。鏡の前に行って、覗いた。顔を赤らめた。利発そうな顔？　そう、たしかにそうだわ。鼻が長すぎるのが残念だけど。

三月の昼下がりだった。陽射しがモスリンのカーテンを通して射しこんでいた。外では、自動車も春めいた音を上げながら通り過ぎていった。空では、奇妙な形をした雲が丸まりながら、ごちゃごちゃと通り過ぎていた。だが町では、空を見上げる者も、雲を眺める者もいなかった。

アール・ヌーヴォーの展覧会のために作られた人工木材のパビリオンには、広々とした中央ホールがあった。その真ん中を横切るように一段高いランウェイが設けられ、その両側は婦人や子どもたちで埋まっていた。座っている者もいれば、立ち上がっている者もいた。期待とお祭りムードに包まれていた。審査員たちはランウェイの端に陣取り、上流階級の淑女たちや、文化・芸術、ジャーナリズム界の名士たちも列席していた。カメラマンが、フラッシュをたいてパチパチ写真を撮っていた。

ランウェイの端に女の子が登場するたびに、小さなオーケストラが注目を促す旋律を奏で、拍手がわき起こり、人々の顔は善意を湛えたほほえみで輝いた。人は、無邪気な子どもたちを前にしたとき、なんとたやすく、自分が善良な人間だと感じることか。感動的ではないだろうか？　女の子たちは、子どもとは思えないほどに愛想をふりまき、テレビで学んだテクニックを駆使して体を動かし、腰を振り、媚びをふくんだ笑顔を作っていた。緑と黄色の縞模様のタイツをはいたリーチャとミーチャは二人ならんで進んでいった。髭をたくわえたひとりの紳士が立ち上がって、「ブラボー」と叫んだ。それくらい魅力的だったのだ。

だが、ショーのリズムは一休みした。何やら問題が生じて、進行が滞っているにちがいなかった。ランウェイの端で神経質な人の動きが見られた。

ついにチェネレントラが姿を見せた。袖もベルトもない、青い縦の二本の縞模様がはいった白いウールの服を着ていた。白い靴下に黒いエナメルの靴を履き、ブルネットの髪が肩にかかっていた。オーケストラが注目の合図を送った。さあ、ゆっくり進んで、チェネレントラ！　彼女は、こわばった笑みを浮かべた蒼ざめた顔で、一歩、また一歩と歩きだした。あっけにとられたかのように、出遅れた拍手がぱらぱらとまばらに起こった。

音楽が彼女を勇気づけようとしたが、女の子の足は止まってしまった。むき出しのやせた細い腕が震えていた。

やがて、ひとりの子どもの声が響いた。「見て！　あの子、びっこだよ！」

チェネレントラは、ゆっくりと、さらに二歩、前に進んだ。オーケストラが演奏を続けているにもかかわらず、沈鬱な沈黙が支配していた。「頑張れ、びっこ！」こんどは、三人、四人、五人が一斉に叫んだ。

最初に笑い出したのは誰だろう？　子どもか、母親か？　リーチャか？　あるいは双子が同時にか？　それとも、優しげな家長に成りすまして最前列に座っていた悪魔か？

「ほら、頑張れ、びっこ！」今では、三十人か、四十人が叫んでいた。人は大勢でいるときには、みんなにつられて、人の不幸でさえも愉快に感じ、楽しんでしまうものなのだ。たとえ、相手が足の悪い子どもであっても。つまるところ、みんな楽しむためにこのイベントに来ているのではないのか？　どうしてあの子も笑わないのか？　だが、それにしても、あの子の母親は思慮のかけらも持ち合わせていないのか？　満員のホール全体が、ひとつの大きな残酷な笑いに包まれていた。

そしていま、娘は一体何を思ったのか？　レントリーナはランウェイをふたたび進みはじめた。もう、そろそろとではなかった。急ぎ足でせかせかと歩いていた。不格好きわまりない、ぎくしゃくした足取りで、足をカタカタ鳴らしながら。

それから、支えを、救いを、ありもしない憐れみ深い抱擁を求めているかのように、両腕を前に伸ばした。そして駆け出した。駆ける？　観客たちが大爆笑する中を、ただやみくもに足をもつれさせているだけだった。

ランウェイの端の二メートル手前で、つまずいて、真っ逆さまに奈落に落ちていった。ドスンという鈍い音がした。きゃしゃで小さな骨が折れたにちがいない。

まさにその瞬間――技師は誰ひとりその原因を説明できなかったが――パビリオンの基部から、建物全体を包みこむように、ぱっと炎が燃え上がった。

人工木材でできているはずが、じつは本物の木が使われていたのだ。費用を節約するためだ。まるで焚刑だった。

すでに日が暮れていた。公園は恐るべきかがり火で真昼のように照らされ、スモッグで覆われた町の空は深紅の天蓋になった。

柱の上に建っているパビリオンの入り口は、幅の広い大階段に繋がっていた。いかにもアール・ヌーヴォー風の曲線を描いて扇状に広がるその階段も、偽りの「人工木材」でできていた。真っ先に救助に駆けつけた消防士のひとり、オノフリオ・クレッシーニ士長は、大階段の上を、パチパチと音を立てながら燃え盛る炎のバリケード――そのむこうでは人々が、むなしく救出を求め、恐ろしい叫び声を上げながら身もだえしていたのだが――をくぐり抜けて、ひとりの女の子が、青い縞模様の白い服を着て白い靴下を履いた女の子が降りてくるのを見たと証言した。女の子は、まるで炎が彼女を避けてくれるかのように、落ち着き払って見えたという。

士長はまた、女の子は黒い目を見開いて、階段をゆっくりと降りてきながら、彼を、クレッシーニをじっと見つめていた、とも語った。

危険も顧みず、彼は飛びこんで女の子を救おうとした。炎に包まれた階段の端で彼女のそばまで近づいたとき、女の子をつかもうとした。けれどもその姿は、すっとかき消えてしまい、クレッシーニの両手は宙をかいた。

その瞬間、人々の苦悶の叫び声と物の砕ける音とが混じり合った恐るべき轟音とともに、パビリオンは完全に崩れ落ちたのだった。

（1）チェネレントラ――イタリア語で「シンデレラ（灰かぶり姫）」のこと。

十月十二日に何が起こる？

Che accadrà il 12 ottobre?

場所は、セラ谷（カルニア地方）。時は、来たる十月十二日の遅い午後。

空は、雲に覆われているだろう。冷たい風が山から吹きおろしていることだろう。日はすでに沈んでしまったか、今にも沈まんとしているところで、日の光は急速に消えてゆくだろう。

小さなストゥルート村では、もう晩祷の鐘が鳴っただろう。

大きな安らぎが田園地帯を支配している。県道を走る車はまばらで、農家の犬たちも鳴いていない。静けさの中を、川岸の木々にあるねぐらに向かうカラスたちの最後の群れも通り過ぎてゆく。

森に覆われた小さな丘の上に建つ、一家が所有する古い家で、まだ夏の休暇をすごしているイタリア法制史学者のルイージ・スプリッテリ教授、四十三歳は、暖炉に火をおこす。そして肘掛け椅子に座って、製本された分厚い書物、おそらく百科事典か法律学の雑誌を読んでいるところだ。

季節外れの一匹の蠅が、不意に訪れる冬と間近に迫った死をさとって絶望しているかのように、執拗に何度も、教授の額や、鼻や、手の上にとまりにやってくる。教授はそのたびに、ほとんど無意識の、すばやい苛立ちのしぐさで追い払う。

蠅を追い払いつづけながら、スプリッテリ教授は本を置くと、新聞を取り、それを丸めて、蠅叩き代わりの棒にする。それから、膝の上にふたたび本を置くと、右手で丸めた新聞を握って、一撃をくらわすために身構える。

科学者たちの考えとは相反するが、物質を構成する原子の構造は、漠然と太陽系に似ているわけではない。実際に、各々の原子は、我々から見れば無限に小さいものの、ひとつの太陽と、その周りをまわる惑星と、ひょっとしたらいくつもの衛星を伴った、ひとつの太陽系なのだ。

そして、今まさに教授を悩ませている蠅の二番目の右脚の一番先端にひとつの原子があり、その太陽系には、私たちにそっくりな存在が住む惑星がある。

スプリッテリ教授が暮らしている惑星もまた、より上位の宇宙に存在する蠅の脚の原子を構成している太陽系に属しているのかもしれない。

さらに、この仮定される二番目の蠅が――明らかにそれは銀河何十億個分にも匹敵するような大きさなのだが――暮らす惑星は、また別の宇宙の三番目の蠅の脚の原子を構成している太陽系の一部かもしれない。

どうしてそうでないと言い切れるだろうか？　いわば、蠅から蠅へと、どんどん巨大になってゆく宇宙を想像するうちに我々は途方に暮れてしまう。それらの宇宙の規模はあまりに大きすぎて、数字はおろか、人間が考えうるかぎりの数式によってすら表現することができないからだ。

だが、今は、スプリッテリ教授が秋の蠅に悩まされている古い家の居間にもどろう。この部屋では、この世界の歴史はもちろん、宇宙の歴史においても前例のないことが現実となるだろう。計り知れないような重大性を持つ出来事が起ころうとしているのだ。

多くの学者が、統計的な推測にもとづいて、宇宙には、人間と同じか、人間に似ている存在が暮らす惑星が、数十万、あるいは、少なく見積もっても数万は存在すると考えている。

それは間違っている。

人類が誕生したのと同じ環境的条件が整えば、遅かれ早かれ私たちのような生物が生まれるにちがいないと考えるのは、幼稚で無邪気な発想だ。

そのような条件は何百万回とそろいうるが、だからと言って、かならずしも人類が出現するわけではない。細菌、アメーバ、緩歩動物、腔腸動物、昆虫、爬虫類、哺乳類、鯨、象、馬、言葉をしゃべる猿なら、誕生するだろう。被造物の中でもとりわけ喜ばしい発明であるボクサー犬だって。だが、人類はそうではない。

要するに、人類は、生命の進化の過程において生じた予想外の異例な存在であって、進化が必然的にもたらす結果ではないのだ。自然という工房が、弱くて、非常に知的で、死すべき運命にある、言い換えれば、否応なしに不幸な生き物を生み出し、広めようとするなどということを、想像しうるだろうか？　一種のエラーなのだ。地球に似た環境を備えている——そしておそらくは十億の十億倍の、そのまた十億倍もの数の——いずれの惑星においても、まともに考えれば、二度とくり返されることなどあろうはずがない、ほとんどあり得ないような偶然だったのだ。

にもかかわらず、まことに信じがたいことではあるが、人類という現象が二度も生じたのである。つまりは、無数の宇宙から成り立つ宇宙の中には、同じ形態的な特徴を持ち、かつ人類が住んでいる惑星が、ひとつではなく、二つ存在するのだ。

ひとつは、スプリッテリ教授が暮らしている惑星。そしてもうひとつは、それにくらべると限りなく小さい、同教授を悩ませている蝿の二番目の右脚の端の原子の中を回る惑星だ。容易に想像できることだが、一番目の惑星——便宜的に惑星Aと呼ぼう——においては、時間は、二番目の極小の惑星——惑星Zと呼ぼう——よりも、はるかにゆったりとしたリズムで流れている。そしてまた、ゾウリムシの生命の時間の流れは、象のそれよりもずっと速いのと同じように、スプリッテリ教授がタバコに火をつけるのにかかる時間に、惑星Zでは何日かが、ひょっとすると何か月かが過ぎ去るのである。だが、神の意志が介在しているのではと思わせるような奇妙な偶然の一致によって、猛スピードで時間が過ぎ去ってゆく、あの非常に小さな惑星Z上での人類の出現と進化は、まさにストゥルート村において、来たる十月十二日の晩に、惑星Aの進化と一致するように定められているのである。

かくも驚くべき二つの偶然の一致に、我々は信じ難い思いでただただ当惑するしかない。ひとつ目の偶然の一致は、全宇宙の中で人類が暮らすたった二つの惑星が、宇宙の同じ地点、つまりストゥルート村のスプリッテリ教授の家に存在するということ。そして二番目の偶然の一致は、来たる十月十二日の晩に、二つの人類の進化の段階が足並みをそろえるということである。

要するに、惑星Aでも惑星Zでも、人類は同じ発達のレベルに達し、核の危機、宇宙への進出、飢餓との戦い、ビート運動といった同じ事象に直面しているのである。惑星Aでも惑星Zでも、長髪の連中が闊歩するのだ。

それだけではない。十月十二日の晩には、惑星Z――蠅の脚の原子の中に含まれているほう――でも、スプリッテリという名前の教授が存在し、ストゥルートという村の近くの田舎家で暖炉のそばに座り、おそらく一匹の蠅が彼を悩ませていることだろう（だが、この蠅を構成するいかなる原子にも、私たちのような生き物が住んでいる惑星はないだろう。なぜなら、全宇宙で人類が存在する惑星は二つだけだから）。

むろん時の流れのスピードに違いがあるので、教授が本を読み終える頃には、惑星Zの住人たちはすでに彼らのロケットで月へ到達し、飢餓問題を解決し、癌の治療法を見つけ出しているかもしれない。おそらく、より速く駆け抜けてゆく人類Zは、人類Aよりもずっと先に彼らのサイクルを終えることだろう。予想外のことが起こらないかぎりは。

ともあれ、脚の中に「ホモ・サピエンス」でいっぱいの惑星Zを抱えている蠅は、教授の膝の上にとまることだろう。教授はすぐにそれに気づき、蠅を殺すためにゆっくりと新聞を持ち上げるだろう。清潔志向の教授は、蠅を殺したら、その脚をそっとつかんで、浄化の火の中に投げこむことだろう。

ここに来てようやく、みなさんは、最初は取るに足らないことに思えた話が秘めている甚だしい重大性を理解されるだろうと想像する。

つまり問題は、これを書いている私と読んでいるあなた方は人類Aに属しているのか、それとも人類Zに属しているか、ということである。言い換えれば、私たちはスプリッテリ教授（私たちが最初のほうだと考えているほう）の仲間なのか、それとも、彼を悩ましている蠅の脚の内部に住んでいるのか、ということである。

見過ごしにできる問題ではない。最初のケースでは、私たちの運命はまったく変わらないだろう。だが、二番目のケースでは、死んだ蠅が真っ赤に燃える炭火の中に落ちていきながら、それを構成する物質の内部に激しい混乱が生じるだろう。おそらく星の大災害は、原子の内部をめちゃめちゃにして、二番目の全人類を一瞬にして絶滅させてしまうだろう。つまり、もし仮に私たちがその一部であったならば、私たち自身を。

非常に悩ましい問題だ。だが、どうすることもできない。私たちがどちらの世界に住んでいるのかを知るすべは皆無なのだから。それを知るには、十月十二日を待たねばならないのである。

診療所にて

Dal medico

私は、半年に一回の検査を受けるために医者のところに行った。四十の坂を越えて以来続けている習慣だ。

古い友人である、かかりつけ医のカルロ・トラットーリは、今では、私のことなら表も裏も知りつくしている。

スモッグでかすんだ、すっきりしない秋の午後だった。すぐに日が暮れるだろう。

私が診察室に入ると、トラットーリは、独特な目つきで私を見てほほえんだ。

「それにしても、きみはすばらしく元気そうだな、まったく。ほんの数年前までは憔悴しきった顔をしていたのに、まるで別人のようだよ」

「そのとおりだよ。おぼえているかぎり、いまほど元気だったことはないね」

人は、ふつう、具合が悪いから医者に行く。だが今日、私は、元気だから、このうえなく元気だから、医者を訪ねた。そして、トラットーリを前にして、仕返しめいた、奇妙な満足を感じている。というのも、彼の知っている以前の私は、現代社会特有の苦悩を山のように抱えこんだノイローゼ患者、不安障害患者だったからだ。

だが、今では、私は元気だ。数か月前とくらべても、いっそう元気になってきている。もう朝目覚めたとき、ブラインドのすきまから都会の夜明けの陰鬱な灰色の光が射しこんでいても、自殺したい気持ちに駆られることはけっしてない。

「診察の必要があるかな?」トラットーリは言う。「今回は、きみには悪いが、何もせずに治療代を頂くことになりそうだが」

「まあ、せっかく来たことだし……」

服を脱いで、私は診察台の上に横になる。彼は血圧を測り、心臓や肺に聴診器を当て、膝蓋《しつがい》反射を確認する。だが、何も言わない。「それで?」と私はたずねた。

トラットーリは肩をすくめるだけで、答えてはくれなかった。かわりに、私をじっと見た。まるで私の顔に覚えがないかのように、しげしげと眺めた。そして、ようやく口を開いた。

「ぼくのほうからひとつ訊きたいんだが、きみの心配事は、あの典型的な悩みの数々はどうなった? 悪夢は? 強迫観念は? きみほど悩みを抱えた人間は見たことがなかったのに。もう忘れたなんて言わないでくれよ……」

私は断固とした身振りをする。

「きれいさっぱり消えてなくなったよ。跡形もなくなったとでもいうのか、おぼえてさえいないんだ。まるで別人になったみたいだよ」

「まるで別人になったみたい……」トラットーリは、考えこむように、言葉を区切りながら、おうむ返しに言った。外では、スモッグが濃くなっていた。まだ五時にもならないのに、ゆっくりと暗くなろうとしていた。

「おぼえてるだろう」私は言う。「ぼくが夜中の一時や二時にきみの家に押しかけて悩みをぶちまけていたことを。きみは眠気でぶっ倒れそうになりながら、ぼくの話に耳を傾けてくれた。思い出すだけで恥ずかしくなるよ。なんて愚かだったんだろう。今ならわかる。どれだけ自分がバカだったか」

「さあ、それはどうだかな」

「どういう意味だい?」

「いや、何でもない。ところで、正直に答えてくれないか。きみは、今と以前と、どっちのほうが幸せだね?」

「幸せだって! またずいぶんと大げさな言葉だな」

「なら、満足、充足感、穏やかな気分、と言いかえよう」

「もちろん、今のほうがずっと心穏やかさ」

「きみはいつも言っていたよね。家庭でも職場でも、常に孤立していて、孤独だって。で、その疎外感は無くなったのかい?」

「そのとおり。初めてね。なんていうか……そう、ようやく社会の一員になったような気がするんだ」

「おやまあ、そいつはおめでとう。だから安心なのかい？　満たされた感じなのかね？」

「ぼくをからかっているのかい？」

「とんでもない。答えてくれ。以前とくらべて、きちんとした生活を送っているかね？」

「さあ。たぶん、そうだと思う」

「テレビは見るかね？」

「まあ、ほとんど毎晩。イルマとぼくはめったに外出しないんでね」

「スポーツには関心があるかい？」

「最近じゃ熱心なサッカーファンになりつつあると言ったら、きみは笑うだろうね」

「応援しているチームは？」

「もちろんインテルさ」

「党は？」

「党というと？」

「政党のことだよ」

私は立ち上がり、彼のそばに行くと、耳元である言葉をささやいた。

彼は声を上げた。

「世の中、不思議なことだらけだ。世間の人々はそれを知らないかのようだけど」

「まずいかい？　由々しきことだとでも？」

「まさか。今やブルジョワの間ではふつうのことさ。それから、車は？　車を運転するのは好きかい？」

「今じゃ、別人になったようだよ。じつは、以前のぼくは、カタツムリ並みのノロノロ運転だった。それが先週は、ローマからミラノまでを、四時間十分で走った。時間を計ってみたんだ……ところで、さっきからなんで根掘り葉掘りたずねるんだい？」

トラットーリは眼鏡を外した。肘を机の上にのせると、両手の指を開いて組み合わせた。

「きみに起きたことを知りたいかね？」

私は、ドキッとして彼を見返した。さっきは黙っていたが、トラットーリは恐ろしい病気の兆候に気づいたのだろうか？

「ぼくに起きたこと？　どういうことだね？　何か見つけたのかい？」

「ごく単純な事実をね。きみは死んでいる」

トラットーリは冗談好きなほうではない。少なくとも診察室では冗談を口にしたりしない男だ。

「死んでいる？」私は口ごもる。「死んでいるって、なぜ？　不治の病に罹っているのかい？」

「病気だなんてとんでもない。誰もきみが死ぬなんて言っていない。単に、死んでいると言ったんだ」

「わけがわからないよ。ほんの少し前には、ぼくは健康そのものだって言ってたのに」

「そう、健康だ。健康そのものだ。だけど、死んでいる。きみは順応した。溶けこんだ。同化した。身も心も社会の中に組みこまれた。バランスと、落ち着きと、安らぎを得た。そして屍になった」

「ああ、なーんだ。要するに、比喩、たとえ話ってわけか。おいおい、怖がらせないでくれよ！」

「まったくの比喩というわけじゃない。肉体の死は、外面的な、つまりは、ごくありふれた現象だ。だが、別の死がある。時には、そちらのほうがもっと始末が悪い。個性を失い、みんなの真似をし、まわりに従い、自分を無くしてしまうことだ……周囲を眺めてみろ。人々と話をしてみろ。彼らの、少なくとも六十パーセントは死んでいることに気づかないか？　その割合は、年を追うごとに増えていく。生気を失い、牙を抜かれ、飼いならされてしまっている。誰もかれもが同じものを望み、同じ話をし、みんながまったく同じことを考えている。あきれた大衆社会だ」

「何をバカな。悪夢が消え去って、ぼくは、以前の自分とくらべると、生きているって実感しているよ。今はずっと生き生きしてるってね。サッカーの試合を観戦したり、アクセルを全開でふかしたりするときに」

「哀れなエンリーコ。かつてのきみの苦悩は祝福されていた」

うんざりしてきた。トラットーリの話は私を本当にイライラさせた。

「この一年くらい、ぼくの彫刻が売れた年はなかったよ。もしぼくが死んでいるのなら、これをどう説明するね？　もしきみの言うように、ぼくがふぬけになったというのなら……」

「ふぬけになったんじゃない。死んでいるんだ。今日、死人でできた国がどれだけたくさんあることか。累々たる死体の山だ。人々は、働き、建設し、新しいことを考え出し、ひたすらあくせくしながら、幸福で満ち足りている。だが、彼らは哀れむべき死人だ。自分がしたいことをし、愛したいものを愛し、信じたいことを信じているのは、ほんの一握りの人々にすぎない。それ以外の者は、まるで西インド諸島のゾンビだ。妖術によってよみがえり、畑仕事に送られる死体だ。それに、彫刻について言えば、かつては得られなかった成功をいま手にしていることこそが、きみが死んでいることの何よりの証拠だ。きみは順応した。自分の居場所を見つけた。時代に適応し、まわりと歩調を合わせるようになった。角がとれて丸くなった。異端者や反逆者や夢想家であることをやめた。だからいま、大衆受けしているんだ。死者の大衆にね」

私はぱっと立ち上がった。もう我慢の限界だった。

「じゃあ、きみは？」私はいきりたって彼にたずねた。「きみはどうなんだ？」

「ぼくかい？」彼は頭を振った。「もちろんぼくもさ。ぼくも死んでいる。何年も前からね。こんな町に暮らしていて抗えるだろうか？　ぼくだって屍さ。ただ、ぼくは、まだ一縷の希望にすがりついている……おそらく職業的な意地から……まだわずかに見えている一縷の希望に」

もうすっかり夜になった。スモッグは鉛色に変わった。窓ガラスごしに、正面の建物がかろうじて見えていた。

書記たち

Gli scrivani

広大な部屋に、何百、何千もの作業台がならび、各作業台にはタイプライターが置かれ、それぞれ男がひとり座っている。

何百人、何千人もの私たちは、我らが主にして雇い主であるお方のために、報告や、歴史や、物語を書いている。私たちは王の書記だ。時折、従者がやってきて、書き終えた紙を集める。だが、我らが主がそれらすべてに目を通されるわけではない。それどころか、私たちが一生をかけて書きつづけたものを、我らが主にして雇い主であるお方は、一行も読まれないことだってあるのだ。

私たちは王の書記だ。私もここで何十年も書きつづけている。私の前の席で、私に背中を向けて働いているアントニオ・スコッキアーリは社会学者で、大臣閣下たちのために論文を書いている。私の左側には、口数が少なくクールなタイプの報告者ジェルモ・ヴァイスホルンが、右側には、歴史学者で、私のよき友人であるミロ・カステネードロが、そして私の後ろには、詩人のアスカニオ・インデリカート（神が彼を赦したまわんことを！）がいる。

突然、私のタイプライターからカチッという大きな音がして、キーボードの上で小さな赤いランプが点灯し、みながふり返って見た。

みな、ふり返って私を見た。というのも、そのカチッという音とランプは、刑の宣告を意味しているからだ。この瞬間から私は、我らが主の不可解なご意志によって、体が求める短い休憩をのぞいて、休みなく書きつづけなければいけないのだ。もし書くのをやめれば、それは死を意味した。

仲間たちは、一体どんな目で私を見たのだろう？　憐れみをもって？　それとも妬みをおぼえながら？　はたして、私は刑を宣告されたのか、それとも選ばれたのか？

私たちの間では、この重々しい任命は「召集」と呼ばれている。それはめったに起こらない。たとえば、この九年間、私たちの部屋では誰も召集を受けていないし、五年前からは、誰ひとり召集されていない。

「召集」を受けるのはたいてい、ある程度の年齢に達した書記だ。若者は稀だった。そうした状況のせいもあって、「召集」は罰などではなく、我らが主による格別の引き立てなのだと考える者も少なくない。ある書記の仕事をこの上なく喜ばれた主が、彼が引退して仕事をやめることを怖れて、死の脅しによって引き留めるのだと。

それとは反対に、肯定的な評価どころか、権力者にまま見られるように、ただの気まぐれにすぎないと信じている者たちもいる。じっさい、凡庸な能力しか持ち合わせていなかったにもかかわらず「召集」された書記がいた、という大昔の事例が引き合いに出された。

「召集」がもたらす効果についても、意見が大きく分かれている。仕事の手を休めれば死ぬことになるという脅しは、精神を疲弊させ、活力を奪い、その結果、その者はほどなく音を上げ、書くのをやめて運命に身をゆだねるのだという者もいれば、生か死の究極の選択が活力を刺激し、増大させ、若さをよみがえらせ、その結果、指名された者は非常に長い期間耐えるばかりか、それまで以上に完璧な報告や歴史や物語を書くのだという者もいる。

だが、書記が書くのをやめたとき、死はどのようにやってくるのだろう？　私が力尽きたとき、死はいかなる形で訪れるのだろう？　それは定かではなかった。ふつうに考えれば、宮廷の死刑執行人の手で処刑されることはありえない。非業の死を遂げるとも思えない。そうではなく、我らが主であり雇い主であるお方の恩寵を、すなわち「召集」を受けた者にとって唯一かつ真の存在理由を失うことによって、餓死するように哀れな最期を遂げるのではないかと推測されている。

だが、別の説もある。死ぬというのは、形だけの脅しにすぎなくて、書記が働くことをやめても、陛下はその書記を赦してくださり、ほかの者たちに知られぬように、彼に褒美さえ与えてくださるのだという説だ。なんという無邪気な楽観主義！

私のタイプライターがカチッという音を立て、赤いランプがともり、みんながふり返って私を見た。

巨大な部屋の中で、私だけが「召集」されたのだ。勤務時間が終われば、ほかのみんなは帰っていくが、私は椅子に座って、夜遅くまでひたすら書きつづけるのだ。そして明け方、守衛が部屋の隅に用意する粗末なベッドで短い睡眠を取り、ふたたび仕事を始めるのだ。もう二度と休日もなければ、休暇を取ることもない。いつの日かもはや書きつづけることができなくなり、もうキーを打てなくなれば、私は死を迎えるのだ。

私の隣で働く歴史学者のカステネードロ教授は、もう年寄りだった。彼は私を好いてくれていた。「悲しむな」彼は言った。「召集されたということは、それは、我らが主がきみを高く評価しているという証しだよ」

「でも、私はもう、ここから動くことができないんですよ。あなたはもうすぐ家に帰り、家族に会い、気晴らしをし、笑い、楽しみ、森や野原を散策することができる。でも、私はそうじゃない。私はひたすら書くだけです。いつまで耐えられるでしょう?」

「さあ、それはわからない。でも、我らが主にして雇い主であるお方は、きみの書くものをいたく気に入っておられて、真夜中にきみに会いに来られ、ひょっとしたら伝説の宴に招待してくださるかもしれないよ。何か理由があって、きみは私たちとはちがうんだ。でなければ、『召集』を受けなかっただろう。それに引きかえ、この私を見てごらん。疲れはてた、老いぼれ歴史学者だ。今日、中世後期の両頭政治についての論文を書き終える。私の最後の仕事になるだろう。知ってのとおり、明日からは年金暮らしだからね。だが、私はきみがうらやましいよ。私は、顧みられず、無名のまま舞台から去っていく。きっと、我らが主にして雇い主であるお方は、きみが書くような物語を好まれて、歴史などには関心がないのだ」(いや、それは真実ではない。それどころか、我らが主は、最近では、すっかり歴史に夢中になって、もうほかのものはほとんど読まなくなっていることが今にわかるだろう)

私たちは短く言葉を交わしただけだった。あまり長くおしゃべりすることは許されていないから。私たちは、ひたすら書きつづけなければならなかった。彼は歴史を、私は虚しい物語を。だが、彼は、カステネードロはまもなく去ってゆき、私の労苦は続くのだ。

すでに夕暮れが近づいていたので、昼の光は次第に明るさを失っていった。ジリーン！　終業を告げるベルが鳴った。

私の周囲の何百人、何千人もの同僚の書記たちは、一斉にキーを打つのをやめ、立ち上がり、タイプライターにビニールのカバーをかけると、陰鬱な蟻のようにぞろぞろと出口に向かった。最後にちらりと私のほうを見ながら。だが、私は帰ることができないのだ。

カステネードロ教授も立ち上がって、私を見て、優しくほほえんだ。

「ごきげんよう、友よ。今日でお別れだ。くよくよするな。きみは選ばれたんだ。エリートなんだ。私は静かに去っていく。いまの私に必要なのは休息だけだ」

そして彼は、引き出しからビニールのカバーを取り出すと、それを広げ、使い納めのタイプライターの上にかぶせようとした。

カチッ、カチッ。そのとき、意地悪げな乾いた音が二回、カステネードロのタイプライターから響いた。キーボードの上で赤いランプがともった。彼も「召集」されたのだ。そのキャリアがまさに終わろうとする最後の瞬間に。

彼は一瞬固まっていた。氷のように蒼ざめていた。だが、ゆっくりとビニールカバーを降ろし、皺を伸ばしながらタイプライターの上に広げた。

もう一度私のほうを見た。

「いや、無理だ。さようなら。私にはもう書けない。なるようになれだ」

そして、最後に部屋を出た。運命に向かって。

私はひとり、暗い静寂の中に残された。明かりをつけた。闇に包まれた、小さな明かりの下で、

私はひたすら書きつづける。

馬鹿げた望み

Desideri sbagliati

人はしばしば、単純な良識で判断すれば、手に入れるのが不可能だと最初からわかっているような幸福を追い求めようとするものだ。その例を三つ挙げよう。

トゥルス

その国では、トゥルスがまったく禁止されているというわけではなかった。トゥルスは生きていくためには必要欠くべからざるものなので、完全に排除することなどありえなかったからだ。ただ、社会的に危険なものであるかのように疑いの目で見られ、抑制されていた。トゥルスをするのは、一定の年齢に達していること、政府の許可を得ることなど、厳格な条件の下においてのみ認められていた。そして、ある種のトゥルスは、犯罪行為として厳しく禁じられていた。それでもトゥルスは、この世のほかの何よりも求められていた。

何世紀も続いてきた抑圧にうんざりしきった若者たちは、ある日、抗議を始めた。彼らの勢いはすさまじく、あらゆる障害を乗り越えた。政府は転覆され、改革者が権力を握り、大統領を選出し、大昔からの抑制を撤廃する法律を公布し、男女を問わず、すべての市民が自由にトゥルスができるようにした。こうして、誰もが思う存分トゥルスをすることが可能になった。

広場や通りで国を挙げて勝利が祝われ、あらゆる種類のトゥルスが無制限に配られた。何千年ものあいだ人々が夢見てきた幸福だった。誰もが我先に飛びついた。何百万もの男女が、人目もはばからず、心置きなくトゥルスにふけった。

ところが、半時間もたたぬうちに、幸福は、嫌悪と失望の感覚に変わった。そして抗議の声が上がった。「いかさまだ。これは以前のトゥルスじゃない。おれたちを騙したな！」プラカードが掲げられ、抗議のデモが起こった。憤った群衆が新しい政府の庁舎の前につめかけた。

大統領がバルコニーに姿を現した。人々が静かになると、彼は言った。「どうしてそんなに怒るのですか？　みなさんに提供したトゥルスは、厳しく制限されていた頃のものとまったく変わりません。ただ、私たちはみな、私も含めて、計算を誤りました。容易に手に入れられなかったからこそ至高の歓びであったものは、何の苦労もなく手に入れられるようになったいま、すっかり虚しいものになってしまったのです。その責任は私にもあります。私は辞職します。この世では、何事にも代価を支払わなければならないということを、私たちは忘れていたのです」

時代に先駆けた天才

りっぱな教育を受けたものの、発想力に乏しい若い画家のファビオ・テルナスは、はるばるフルンランドまでやってきた。そこに世界有数のすぐれた電子頭脳のひとつで、文化の領域を専門とする電子頭脳が稼働していたからだ。彼は考えた。『ぼくは想像力には恵まれていないかもしれないが、すばらしいアイデアを思いついたぞ。一世紀後の芸術がどんなものか、優秀なコンピュータにたずねてみるというアイデアを。コンピュータはきっと答えてくれるだろう。その指示に従えば、ぼくは同僚たちに、まさに百年先んじることができるだろう。天才と称され、有名になり金持ちになれるだろう』と。

フルンランドに到着したテルナスは、四百ドルの料金を支払い、係の技師に質問を書き記した紙切れを渡した。機械の言葉に翻訳されたリクエストは、怪物の腹の中に収まった。機械は二時間近くカタカタ鳴りつづけていたが、やがて一枚の絵をコピーした小さな紙を吐き出した。テルナスは、大きな驚きとともに、その絵をしげしげと眺めた。それは、ソファーの上に寝そべった、非常に美しく、挑発的な、裸の若い女性の絵で、アングルもかくやと思われるほどに、細部にまでこだわってリアルに描かれていた。

彼は困惑した。けれども、若者は機械が出した答えを信用し、すぐさま帰国するや、遠い未来の絵を大きなサイズで模写しはじめた。さらに、同じ様式の絵を三十枚ほど描いた。その作業に没頭すればするほど、そのような作風の絵を描くことに、慰められ、心が解き放たれるように感じられた。

作品が何枚も出来上がると、名だたる町で、二回、三回、十回と、展覧会を開いた。けれども人々は陰で彼を嗤った。「これはまた、なんて時代遅れな絵なんだ」「いまさらこんな絵を再提示しようなんて、まったく呆れはてる」と彼らは言った。

それを知ったテルナスは、怒り狂い、ふたたび飛行機に乗ってフルンランドに行くと、コンピュータに抗議した。「ぼくはおまえに、百年後にどんな絵が描かれるかたずね、おまえは裸の女の絵をよこした。ぼくはそれをそっくりそのまま模写した。でもみんなは、ぼくのことを滑稽な伝統主義者だと嘲笑った。おまえが間違ったことは明白だ。だから、ぼくに代金の四百ドルを返してくれ」

電子頭脳は答えた。「間違ったのはきみのほうだ、若者よ。偉大な芸術家というのは、亡くなってから二十年は経ってからようやく認められるからこそ偉大なのだ。一世紀も時代を先取りしているような絵を世間に認めてもらおうというほうが、間違っているのだ」

詩

鉱山主のジョルジョ・カムは、あるときヨット遊びをしている最中に、海で溺れかけている少年を助けた。それは、目の覚めるような美しい少年で、神の息子だった。神は感謝し、使いを遣ってカムを呼び出し、褒美に何を望むかたずねた。

「お申し出に感謝いたします」鉱山主は言った。「それにしても、なぜそのようにむっとした口調でおたずねになるのでしょうか？」

「おまえのようなタイプの金持ちを見ると、わしはいささかイライラしてくるのだ。だが、気にするな。誰にでも偏見はあるものだ。それより、望みを言え。どんな難しい望みでも、叶えてやろう」

インテリを自認し、日頃から自宅で催す夜のパーティーに哲学者や作家、画家、音楽家たちを招いているカムは、彼らから一目置かれたかった。

「では、詩の贈り物をしていただけないでしょうか」

「どんな類の詩だ？」

「ヴァルテル・トリボランティの詩です」（彼は、最近その若い詩人がよく話題に上るのを耳にしていた。だが、作品をいくつか読んでみたものの、さっぱり理解できなかったのだ）

「そんなものでよいのか」神は言った。「トリボランティの詩なんぞ、どこの書店でも売っている。たしか、千五百リラの値で」

「お金の問題ではありません。私の友人たちは、彼の詩を読むと心が歓びで満たされると言います。でも、私はそうではないのです。だから、その歓びを与えていただけるのならうれしいのです」

神は頭を振った。「おまえには向いていないことだと思うがね。おまえには、別の贈り物がふさわしいだろうに」

「ほかに何を望むことができるでしょう？」富豪は答えた。「ほかのものはみなすでに持っています。まだ持っていないのは詩だけなのです」

「そういうことなら、ほら、叶えてやろう」全知全能の神は答えて、マントの下から青い紙に包まれ、金色のひもが結ばれた小さな箱を取り出した。「この中におまえの望む詩が入っている。だが、おまえが望む恩恵が得られなくてもがっかりするなよ」

カムは、一礼すると、箱を持って帰っていった。箱は、ひどく軽くて、まるで空っぽのようだった。車に乗りこむと本社に向かった。神のお呼び出しに応じるために、いくつもの差し迫った用事を先延ばしにしていたのだ。

はたしてオフィスに入るや、書類を山ほど抱えた秘書が小さな扉から入ってきた。同時に電話が鳴って、二十七番坑道で崩落があったことを伝えた。すぐに飛んでいって、直に状況を確認したほうがよさそうだった。だが、むこうの第一待合室では、トラストの計画を提出するためにわざわざプラハからやってきたタデウス・ファントゥスカが一時間も前から待っていた。そして第二待合室では、もうひとり、不安をかき立てる人物がしびれを切らして待っていた。組合執行部の代表であるモリビオ・サタープだ。彼の革の書類入れの中には、へたをすると五年間の徹底的なストを引き起こしかねない案件が入っていた。

それゆえカムは、詩の入った箱を事務机の引き出しにつっこむと、危険な嵐に身をゆだねた。その嵐は、遠い昔に、貧しい鉱員だった彼が地の底から巨大なダイヤモンドを掘り出した日から、自ら餌を与えてきたものだった。

会合、会談、電話、面会、交渉、非公式の予備会談、ジェット機での世界を股にかけた移動、接待、契約、約束、電話、面会、電話……そしてたちまち時間は過ぎ去り、我々は、疲れはて、髪が白くなった彼をふたたび社長室に見出す。彼は戸惑ったように周囲を見まわしている。いまやこの世界でもっとも成功したビジネスマンであるにもかかわらず、まるで不幸せであるかのような（失礼！）深いため息をもらしてしまったからだ。重要きわまりない問題が彼の頭の中を次から次へと通り過ぎてゆき、詩のことなど、もうかすかな記憶すら残っていなかった。

そのとき彼は、しばらく前から服用しているアメリカ製の栄養剤を探そうとして、右の二番目の引き出しを開けた。すると、手に何かが触れた。青い紙に包まれ、埃をかぶった小さな箱だった。彼は右の手のひらにのせて、困惑気味に眺めた。頭の中の記録保管所を探ってみたが、それに関するわずかな情報も見出せなかった。彼はつぶやいた。「一体誰が、こんなわけのわからないものを引き出しにつっこんだんだ」そして、箱を屑籠に放りこんだ。

ミートボール

La polpetta

私の小さな書斎の、書き物机の上に、けさ、小さな箱を見つけた。箱は白い紙に包まれ、青いひもで結んである。

私は七十四歳。年金暮らしの化学の教授だ。娘のラウラと、その夫で経済学部を出たジャンニ・トレデスカルツィ、そして娘夫婦の三人の息子、高校三年生の十七歳のエドアルド、高校一年の十六歳のマルコ、中学四年生の十四歳のロメオ——かわいい孫たちだ——と暮らしている。

私は年寄りだ。それに少々疲れてもいる。今ではほとんど仕事はしていない。それでも一日に二、三時間はまだなんとか、ペドゥッチ百科事典の執筆の仕事をしている。化学と数学に関する項目を任せられているのだ。全十七巻になる予定だ。私は疲れている。少しばかり。ここは六階。日曜日の朝。けさは、横なぐりの妙な雨が降っている。窓ガラスは雨粒でいっぱいだ。

ひもで結んだ、白い小さな箱。紙は、高級食料品店で使われる、つやのある、格調高い紙だ。だが、ラベルが貼られていない。私はルチーアを呼んだ。

ルチーアがやってきた。「何でしょう、先生？」

「ルチーア、この箱はなんだね？」と私はたずねる。

彼女は箱に目を遣った。驚いている様子だった。「私は存じませんが」

さして好奇心をかき立てられることもなく、私は箱を開けてみる。年を取るというのはそういうことだ。じつに悲しいことだが、目新しいものやすばらしいことなど、期待できなくなるのだ。あるものはある。そして、もし永遠というものが存在するなら、永遠にありつづける、ただそれだけだ。

私は、青いひもで結んだ白い紙の小さな箱を開ける。ゆっくりと開ける。残念ながら、早く中身を見たいという気持ちがないからだ。もう何かを期待してなどいない。

おや、なんと奇妙な。なかから現れたのは、小さな厚紙の皿だった。今ではもう見かけないが、昔の自動販売機で使われていたような皿だ。子どもの頃を思い出す。当時、流行の最先端を行く、街中の店に置かれていた。機械に硬貨を入れると、ガラスのむこうで、ケーキやチョコレート、ビスケット、サンドウィッチ、ソーセージ、あるいはアイスクリームがゆっくりとせり上がってきて、扉が開き、品物を受け取るしくみだ。

厚紙の皿の上には、ミートボール、いや、小さなパイがひとつ、載っていた。それとも、クリームかパテに包まれたミートボールと言ったほうがいいか。上にかかったバターがいかにも優美な渦巻きを描き、キャビアを思わせる黒っぽいものが散らばっている。正直、とても美味しそうに見える。

でも、今は朝の十一時。この食べ物は何を意味しているのだろう？　誰が私のところに持ってきたのだ？　それになぜ？　ほかならぬその見た目の美しさに、私は当惑した。

ルチーアは行ってしまった。ジャンニは外出している。おそらくテニスをしに行ったのだ。ラウラはミサ。窓ガラスのむこうには、いつものように、向かいの家の六つの窓が見えている。誰が住んでいるのかよくわからない。つまるところ、関心もない。それでも、この部屋から見えるあの六つの窓は、長年私に付き添ってくれた。もし私に絵心があれば、細部に至るまで正確に描くことができるだろう。

食欲をそそるパイ。世界の主になることを望んでいた頃、裕福と洗練のシンボルだった高級食料品店のショーウインドウの中に見かけたようなパイだった。だが、一体誰が送ってきたのだ？　それになぜ？

不安を感じた。十一時。窓ガラスのむこうには、いつものあの呪わしい六つの窓。それとも祝福された窓と言うべきか？　わからない。われらの隠されし歓び、あるいは悲しみの原因を見つけ出せ。

漠然とした、捉えどころのない、寄る辺のなさを感じた。あるいは懸念、不安、それとももっと悪いものを。

ミートボールの上の部分は、こんがりと上手に焼かれた牛肉のような色をしている。縁のほうは、いかにもパテのようにも見える銀灰色のもので覆われている。そして、あの渦を巻いたバター。

私は立ち上がる。けさは、働く気が起こらない。雨が降っている。窓ガラスは雨粒でぬれている。私は立ち上がって、歩き出す。不安で、いらいらする。どこへ行こうか？　行ったり来たりする。私は年寄りだ。せかせかした、だが年寄りじみた足音が響く。かつての私の足音はこうではなかった。私の？　足音は一人ひとりちがう。若いほど、自信に満ちた、きびきびした足音だ。だが、それから戦争がやってきた。

廊下に出た。ありがたいことに、家は広い。とても大きな家なのだ。廊下も長い。私は気晴らしに、長い廊下を行き来しはじめた。最近の家にはこんな廊下はない。両側に部屋がいくつも並んでいて、それゆえ謎めいた感じのする廊下は。

声がする。立ち止まる。扉は閉まっているが、扉ごしにはっきり聞こえる。三人の孫たちだ。声でわかる。

「そんなことない。完璧な出来だった」マルコの声が言った。「ぜったい食べるよ」

「だけど、タイミングがまずかった。もう少し待てばよかったのに」エドアルドが言った。すぐに彼の声だとわかった。

歳の割に早熟なロメオが、笑いながら言った。「朝の十一時だろうが、十時だろうが、じいちゃんはああいうものには目がない。我慢できないさ」

エドアルド「迷惑なやつだぜ。一体いつまで生きるつもりなんだろう？」

マルコ「まったく。きのうの夕食のときの、あの食い方を見たか？　おお、嫌だ！　ぼくは、あの入れ歯を見ただけで、気が狂いそうになるよ」

短い沈黙。それから、エドアルドがくすくす笑いながら言った。「もう、その心配はないさ。ミートボールが片を付けてくれるから」

マルコ「本当にうまく行くのか？」

エドアルド（声をひそめて、意味ありげに）「シアン化物だ。シアン様だぜ」

ロメオ「さあ、じいちゃん、頑張って呑みこめ！」

マルコ「そして一巻の終わり！」

三人の笑い声が、扉をこえて廊下に広がり、廊下の壁の間で反響し、私が聞き耳を立てている廊下の端から端まで響きわたった。

廊下には陽射しが直接射しこまない。わずかに、鉄を思わせる灰白色の光が反射しているだけだ。鉄のような薄明り。

まるでゴミ扱いか？　私は思う。おまえはもう役立たずというわけか？　私は自問する。うんざりな人間。もう、おまえは厄介者なのだ。迷惑なのだ。おまえのその皺や、しなびた首や、物欲しげな笑みは見るに堪えないのだ。

マルコ「でも、食べなかったら？」

エドアルド「食べるさ、ぜったい。子どもよりも食い意地が張っているんだから」

ロメオが控えめな笑い声を上げた。

私は、廊下で、一歩後ずさりする。二歩、三歩と。そして自分の部屋に、自分の小さな書斎に退却する。

おまえたちにとって、私はもう用済みなのか？　自分たちだけでやっていける自信があるというのか？　未来が扉を開けたのか？　若さとはかくもすばらしいものなのか？　つややかな肌、潑剌とした笑い、胃や肝臓の調子を気にすることもない。一体、年寄りは何のために存在しているのか？　このうえまだ何を望んでいるのか？　恥ずかしくはないのか？

彼らは力強くて、活力にあふれ、何の疑いも抱いていない。進むがいい！　突き進め！

孫たちよ、わかった。潔く去ってゆこう。かわいい孫たちよ、おまえたちは、いまいましいほどに、ずっと昔にいたやつにそっくりだ。私と同じ名前のやつに。

（さいわい、おまえたちはまだ知らない。疑ってすらいない。哀れな孫たち。笑っている時間さえないことを。一世紀後か、一年後か、一か月後か。それとも一日後か、一時間後か。それとも一分後か。いや、一分もないかもしれない。おまえたちは、あっという間に、私のようになっていることだろう。年寄りに。年金受給者に。皺だらけで、ゴミ扱いの年寄りに！）

もう雨は降っていない。窓ガラスの滴はすでに陽射しで乾いて、白っぽい跡だけが残っている。窓ガラスのむこうには、宿命の六つの窓。この陰鬱な悲哀の中に、私たちの人生がある。鳴れ、鳴り響け、反乱のファンファーレよ。

だが、ファンファーレは鳴らない。反乱も起きない。ファンファーレが鳴り響いたことなど一度もなかったのだ。

私はふたたび机に座る。休日の正午の、間の抜けたような光。小さな箱。念入りに作られたミートボール。かわいい孫たち。呆れるほどに頭がいい、そして、おそらくは心やさしき孫たち。

ミートボールの上の表面は、こんがりと焼けた牛肉の色合いをしている。縁は高く、パテかもしれない銀灰色のものですっかり覆われている。その上には、キャビアかもしれない黒い斑点と渦巻き状のバター。若さが私に贈ったミートボール。死のミートボール[1]。

さらば、親しき者たち。わかった。私は机に座り、金色の真鍮のペーパーナイフを使って食べはじめる。かわいい孫たちよ、お望みどおりに死んでやろう。祖父への、じつにすてきな日曜日のプレゼントだ。

ああ、うまい！

（1）「ミートボール（肉団子）」を意味するイタリア語の polpetta は、「（動物を薬殺するための）毒入りの餌」を指すこともある。

訳者あとがき

本書は、ブッツァーティが没する前年の一九七一年にイタリアのモンダドーリ社から出版された短篇集『難しい夜』(*Le notti difficili*) の前半部分二十六篇を訳出したものである。ちなみに後半部分の二十五篇は、作者の没後二十年にあたる九二年に図書新聞から『階段の悪夢』のタイトルで邦訳(千種堅訳)が出されている。同じ構成のアンソロジーが七三年にフランスのロベール・ラフォン社から『階段の夢』(*Le rêve de l'escalier*) として出版されていることから、おそらく仏訳で読まれたどなたかが邦訳出版の企画を立てられ、イタリア文学者の千種氏に原書からの訳出を依頼されたのではないかと推測している。ともあれ、それからさらに三十年の歳月を経て、今回ようやく、作者が生前に編んだ最後の短篇集の収録作品すべてが日本語で読めるようになったことになる。

『難しい夜』には、「コッリエーレ・デッラ・セーラ」紙や雑誌に掲載された作品および未発表作品から選ばれた短篇が収められているが、ブッツァーティは七一年の春から夏にかけて収録作品の選定と校正に当たっていたという。その年の二月に膵臓癌が見つかっており、病状の悪化によって十二月初めにミラノ市内の病院に入院し、そのまま翌年の一月二十八日に帰らぬ人となった。

作品世界の傾向や作風の特徴の点から眺めると、『難しい夜』は六六年に出版された『コロンブレ　ほか五十の物語』(*Il colombre e altri cinquanta racconti*) と共通する点が多い。たとえば、初期や中期の作品が、辺境の地や異郷、あるいは時代や場所が定かでない時空間で物語が展開することが多かったのに対して、後期や晩年の作品では、現代の、(作者が生活していた) ミラノを思わせる都会がしばしば物語の舞台となり、ときには作者 (もしくは作者の分身的存在) が語り手や登場人物となって作中に姿を現すことさえある。初期の頃から一貫して重要な主題であった「時の流れ」のテーマは相変わらずくり返し取り上げられるが (たとえば本書の「孤独」や「塔」)、そこに、作者自身の老いや死への意識が色濃く投影されてゆく。そして、それに呼応するかのように、幻想味や寓話性をしのぐ形で、彼の語りのもうひとつの特質であるアイロニーや諧謔精神がより辛辣になってゆく。無駄をそぎ落とされたシンプルな文体で淡々とした文章が綴られ、さらには物語の結構すら、ときとして、(「孤独」や「車の小話」のように) 掌篇レベルにまで切り詰められ、断片化した物語がひとつのテーマのもとにまとめられる (もっとも、断片化という点については、五〇年の時点で、掌篇やエッセイ風の短い文章を集めた『まさにその時』(*In quel preciso momento*) という作品集を出しているので、掌篇への志向と愛着は元からあったと言えるかもしれないが)。また、六〇年代は作者にとって絵画作品の創作にも多くのエネルギーを注いだ時期でもあり、同じテーマやアイデアを小説と絵の両方で表現している例もまま見受けられる。

以下に、本書に収録されたいくつかの作品について簡単にコメントを付しておく。

『難しい夜』の冒頭に置かれた「ババウ」は想像上の生き物を扱っているが、広い意味では「動物」をテーマとした作品群に含めることができる。民間伝承に登場するババウは、本来定まった姿形を持っていないが、作中では「カバとバクの合いの子のよう」とされている。ブッツァーティはババウを描いた絵を何枚も残していて、そのうちのひとつは原書の表紙絵にも使われている。絵とテクストが組み合わさった作品集『絵物語』(*Le storie dipinte*)にもこの短篇を要約したようなコマ割りの作品が収録されており、本書ではそれを表紙に用いた。ブッツァーティは動物を人間との関係の中で様々な形で描いているが、この作品の場合は、人間から虐待され、迫害を受ける動物を描いた物語のひとつと言える。だが、ババウが想像力の産物であることを考えれば、ババウを抹殺することは、人間自身の想像力や空想力を抑圧することをも意味するだろう。

動物をテーマにした話はほかにも見出される。「現代の怪物たち」の中の掌篇「失われた天才」には、人間に管理され、搾取されている家畜たちの悲哀に満ちた状況に対する憐憫の情と静かな怒りがにじみ出ており、一方、「巨大なノウサギ」では、狩猟の対象となる動物の人間への抵抗と反逆がユーモラスに描かれる。弱者への共感のまなざしが向けられるのは動物に限らず、作者はしばしば虐げられる者の痛みを物語化する。「チェネレントラ」もそのひとつであるが、虐げられた存在は、その絶望や怒りが頂点に達したとき、超自然的な力を解き放って世界に復讐する。

「ヴェネト州の三つの物語」は、創作ではなくノンフィクション。ブッツァーティは、イタリアで起きた「超常現象」を取材した記事やエッセイをいくつも残していて、それらは、作者の死後、七八年に『神秘のイタリア』（*I misteri d'Italia*）というタイトルの本にまとめられて出版されるが、この作品も同書に再録されている。だが、創作作品といっしょに並べてもまったく違和感がないのは、不可思議な出来事を扱った内容のみならず、ジャーナリズムの報告書風の文体と分かちがたく結びついた彼の小説の語り口の特質ゆえであろう。

いかにもカトリックの国イタリアらしいというべきか、ブッツァーティの作品の中にはしばしば天国や地獄が描かれ、神や、聖人・聖女、悪魔などが登場するが、「隠者」もそうした類のお話のひとつである。この作品では、おそらく作者は、聖人伝（hagiography）のジャンルを意識しているのであろう。聖人伝とは、キリスト教の聖人や殉教者の生涯や言行、彼らが起こした奇跡などを記述した一種の伝記文学で、中世に流布し、広く読まれた。有名なものとしては十三世紀のヤコブス・デ・ウォラギネの『黄金伝説』などが挙げられるが、そこでは、たとえば聖ゲオルギウスの竜退治のエピソードのように、現代人の目から見れば空想的な内容や奇想天外な要素も多く盛り込まれている。自身は世俗的な人間であり、無神論者であることを言明しているブッツァーティだが、彼にとってキリスト教的な世界観は、幻想や寓意を表現するための格好の舞台装置なのである。

本書には、ブッツァーティお得意のカタストロフィ（破滅的な事態）のテーマを扱った作品も欠けてはいない。「十月十二日に何が起こる？」は全人類の滅亡の可能性をＳＦ的な奇想を用いて描いた小品であるし、「ブーメラン」は、一種のバタフライ効果によって世界的な大惨事が引き起こされるというお話である。小さな出来事が予想外の因果関係の連鎖を辿って、とんでもない状況や取返しのつかない事態に拡大・発展してゆき、そこに巻き込まれた者は破滅へ向かって抗いようもなく押し流されてゆく、という悪夢的なメカニズムは、作者が好んだ物語のパターンである。

ブッツァーティの作品の多くは、その寓話的な作風もあって、時代を超越した装いを呈しているが、一方で、『難しい夜』に収められた諸作品には、それらが書かれた六〇年代を中心とした時代――それはイタリアにおいても、また世界的に見ても、変革と転換の時代だった――が反映されてもいる。

戦後の復興期を経たイタリアは、五〇年代後半から六〇年代にかけて「奇跡の経済」と呼ばれるめざましい経済成長を遂げ、それに伴って高度消費社会が到来する。日本の高度経済成長期の新三種の神器のように、イタリアでは豊かさのシンボルのひとつとして人々の購買意欲をそそった耐久消費財が、自家用車だった。フィアット社のセイチェントやチンクエチェント、ミッレチェントといった大衆車が人気を博し、アルファロメオ社の上級車が憧れの的になった。「車の小話」のように、『コロンブレ』や『難しい夜』の中に、車をモチーフにした話がいくつも見られるのは、そうした時代を反映している。大量消費社会を迎えて、人と物との関係が文学の主題に成りえる時代になったのだとも言えるかもしれない。だが、興味深いのは、ブッツァーティの物語の中では、人間と物との境界が曖昧化し揺れ動くことである。そこでは「車の小話」のように擬人化の手法を通じて物が人間化し、あるいは逆に人間が物化する（たとえば、『現代の地獄への旅』（東宣出版）所収の「公園での自殺」や「空き缶娘」）。そうした二項対立の曖昧化や越境による侵犯は、動物をモチーフにした物語群の中で見られる、動物の人間化と人間の動物化の現象とパラレルな様相を呈している。

経済の豊かさとそれに支えられる大量生産と大量消費、都市化や人口集中は、一方で、「診療所にて」において風刺されているように、画一化、同質化、没個性化した大衆社会をもたらした。また、好景気による建築ブームやリゾート開発は、環境を大きく改変し、貴重な自然や美的遺産を破壊していった。そうした時代背景と照らし合わせて読めば、さきに触れた「ババウ」は、社会の変化の中でいったん失われてしまえば二度と取りもどすことのできないものを象徴的に表現しているとも言えるかもしれない。

急激で大きな社会の変化は、古い価値観や既存の社会の枠組みとの間に軋轢や齟齬を生み出し、変革を求める強い渇望が、やがて熱いマグマのようなエネルギーとなって噴出することになる。一九六八年は、若者たちの異議申し立てと学生運動の波が、大きなうねりとなって世界レベルで広がっていった年だった。言うまでもなく「世界的な異議申し立て」も、この若者たちの反乱を背景に発想されているが、ブッツァーティはこうした現実の出来事から、もうひとつの異議申し立ての寓話を、老人たちの反乱の物語を紡ぎ出す。彼らにとって打ち倒すべき真の敵、異議申し立ての矛先を向けるべき本当の相手は、女性の姿で擬人化される「死」なのである。ちなみに、ヨーロッパにおける学生運動の発火点となったフランスの五月危機を議会解散と選挙で乗り切ったものの翌年には辞任に追い込まれたド・ゴール大統領は、「現代の怪物たち」の中で奇妙な雲として登場する。

若者たちの異議申し立て運動は、旧世代の権威への反抗、言い換えれば世代間の対立の表現でもあったが、若者と老人、若さと老いの対立図式は、「ミートボール」では辛辣なアイロニーの形を取る。だが、ブッツァーティはここでも、瞬く間に過ぎ去ってゆく時の流れの前では、若さなど束の間の幻想にすぎないことを意地悪く強調するのである。
まるで星新一のショートショートのような軽妙な語りとオチで読者をにやりとさせる「セソストリ通りでは別の名で」は、おそらく直接的には、過去を偽り、偽名を用いて戦後を長く生き延びたのちに素性が明らかになったナチの犯罪者アイヒマンの例などがヒントになっているのであろうが、同時に、イタリアで六〇年代の終わりから八〇年頃まで続いた「鉛の時代」の混沌とした世相をも暗示しているように思える。当時のイタリアでは極左と極右による政治テロが頻発して社会を不安に陥れていたが、テロリスト（彼らは仲間内でも偽名を使って活動するのが常だった）や凶悪な犯罪者が良き隣人を装って一般社会に溶け込み、潜んでいるという状況が日常的に存在したのである。

本書は、三月に刊行された『動物奇譚集』とともに、ブッツァーティ没後五十年の節目の年に合わせての出版となった。年に二冊の刊行は、訳者にとってはスケジュール的にかなり厳しかったが、なんとか実現できてほっとしている。『動物奇譚集』のように作者の死後に出版された作品については日本への紹介が遅れていたので、今回一冊上梓できてよかったと思っているし、また、本書（その中の、特に表題作ほか数篇）については、ある残念な理由から、読者（とりわけブッツァーティの熱心なファンの方々）に拙訳を早く届けなくてはという、紹介者としての切なる思いがあったので、その点でもひとまず安堵している。とはいえ、ブッツァーティの未訳の作品はまだ数多く残されているし、訳者の務めも道半ばである。次の節目の年（生誕百二十年にあたる二〇二六年）も意識しつつ、今後も可能なかぎり紹介を続けていきたい。

二〇二二年　秋

長野徹

本作品中には、今日の観点からみると差別的ととられかねない表現が散見しますが、作品自体の持つ文学性および歴史的背景に鑑み、使用しているものです。差別の助長を意図するものではないことをご理解ください。（編集部）

［著者紹介］
1906年、北イタリアの小都市ベッルーノに生まれる。ミラノ大学卒業後、大手新聞社「コッリエーレ・デッラ・セーラ」に勤め、記者・編集者として活躍するかたわら小説や戯曲を書き、生の不条理な状況や現実世界の背後に潜む神秘や謎を幻想的・寓意的な手法で表現した。現代イタリア文学を代表する作家の一人であると同時に、画才にも恵まれ、絵画作品も数多く残している。長篇『タタール人の砂漠』、『ある愛』、短篇集『七人の使者』、『六十物語』などの小説作品のほか、絵とテクストから成る作品として、『シチリアを征服したクマ王国の物語』、『絵物語』、『劇画詩』、『モレル谷の奇蹟』がある。1972年、ミラノで亡くなる。

［訳者紹介］
1962年、山口県生まれ。東京大学文学部卒業。同大学院修了。イタリア政府給費留学生としてパドヴァ大学に留学。イタリア文学研究者・翻訳家。児童文学、幻想文学、民話などに関心を寄せる。訳書に、ストラパローラ『愉しき夜』、ブッツァーティ『古森の秘密』『絵物語』、ピウミーニ『逃げてゆく水平線』『ケンタウロスのポロス』、ピッツォルノ『ポリッセーナの冒険』、ソリナス・ドンギ『ジュリエッタ荘の幽霊』、グエッラ『紙の心』など。

ババウ

2022年12月24日　第1刷発行

著者
ディーノ・ブッツァーティ

訳者
長野徹（ながのとおる）

発行者
田邊紀美恵

発行所
有限会社 東宣出版
東京都千代田区神田神保町2－44　郵便番号101－0051
電話（03）3263－0997

ブックデザイン
塙浩孝（ハナワアンドサンズ）

印刷所
株式会社 エーヴィスシステムズ

乱丁・落丁本は、小社までご送付ください。送料小社負担にてお取り替えいたします。

Printed in Japan　ISBN978-4-88588-109-1　C0097

ブッツァーティ短篇集 II

現代の地獄への旅

ディーノ・ブッツァーティ

長野徹訳

ミラノ地下鉄の工事現場で見つかった地獄への扉。地獄界の調査に訪れたジャーナリストが見たものは、一見すると現実のミラノとなんら変わらないような町だったが……。美しくサディスティックな女悪魔が案内役をつとめ、ジャーナリストでもあるブッツァーティ自身が語り手兼主人公となる「現代の地獄への旅」、神々しい静寂と詩情に満ちた夜の庭でくり広げられる生き物たちの死の狂宴「甘美な夜」、小悪魔的な若い娘への愛の虜になった中年男の哀しく恐ろしい運命を描いた「キルケー」など、日常世界の裂け目から立ち現れる幻想領域へ読者をいざなう15篇。

四六判変形・２５１頁・定価２２００円＋税

古森の秘密

ディーノ・ブッツァーティ
長野徹訳

精霊が息づき、生命があふれる神秘の〈古森〉。森の新しい所有者になり、木々の伐採を企てる退役軍人プローコロ大佐は、人間の姿を借りて森を守ってきた精霊ベルナルディの妨害を排除すべく、洞窟に閉じ込められていた暴風マッテーオを解き放つ。やがてプローコロは、遺産を独り占めするために甥のベンヴェヌート少年を亡き者にしようとするが……。聖なる森を舞台に、生と魂の変容のドラマを詩情とユーモアを湛えた文体でシンボリックに描いたブッツァーティの傑作ファンタジー。

四六判変形・229頁・定価1900円＋税

絵物語

ディーノ・ブッツァーティ

訳・解説　長野徹

「わたしの本職は画家です」――現代イタリア文学の奇才ブッツァーティが、ペンと絵筆で紡ぎ出す、奇妙で妖しい物語世界。絵画にテクストを添えた「絵物語」54作品に、掌篇「身分証明書」とエッセイ「ある誤解」を収録した画文集。解説・年譜も掲載。

わたしにとって絵を描くことは、趣味ではなく、本職である。書くことのほうが、わたしにとっては趣味なのである。だが、描くことと書くことは、詰まるところ、わたしには同じことだ。絵を描くのも、文章を書くのも、同じ目的を追求しているのだから。それは物語を語るということだ。――本書「ある誤解」より。

B5判変形・174頁・上製本・定価4000円＋税

動物奇譚集

ディーノ・ブッツァーティ

長野徹訳

ソ連の畜産学研究所で行われた戦慄の実験を語る「アスカニア・ノヴァの実験」、一匹のネズミに手玉に取られる企業をコミカルに描く「恐るべきルチエッタ」、釣り上げられた奇妙な魚をめぐる怪談「海の魔女」、飼い主とペットの立場が入れ替わったあべこべの世界を舞台に、動物であることの体感をユーモラスに語る「警官の夢」、自然界の逆襲をアイロニカルに表現した「蠅」など、デビュー当時から最晩年に至るまでに書かれた〈動物〉が登場する物語を集め、ブッツァーティの作品世界の重要な側面に光をあてたアンソロジー。

四六判・283頁・定価2500円＋税